나는 오늘도
행운을 만든다

나는 오늘도 행운을 만든다

도전과 실패 가운데 만난 무지갯빛 이야기

초 판 1쇄 2024년 12월 17일

지은이 최문희(Alice)
펴낸이 류종렬

펴낸곳 미다스북스
본부장 임종익
편집장 이다경, 김가영
디자인 임인영, 윤가희
책임진행 이예나, 김요섭, 안채원, 김은진, 장민주

등록 2001년 3월 21일 제2001-000040호
주소 서울시 마포구 양화로 133 서교타워 711호
전화 02) 322-7802~3
팩스 02) 6007-1845
블로그 http://blog.naver.com/midasbooks
전자주소 midasbooks@hanmail.net
페이스북 https://www.facebook.com/midasbooks425
인스타그램 https://www.instagram.com/midasbooks

© 최문희(Alice), 미다스북스 2024, *Printed in Korea*.

ISBN 979-11-6910-970-3 03810

값 19,800원

미다스북스는 다음세대에게 필요한 지혜와 교양을 생각합니다.

도전과 실패 가운데 만난 무지갯빛 이야기

나는 오늘도
행운을 만든다

최문희(Alice) 지음

미다스북스

앞에

영화 〈모터사이클 다이어리(The Motorcycle Diaries)〉의 주인공은 에르네스토 게바라(Ernesto Guevara)와 알베르토 그라나도(Alberto Granado)이다. 스물세 살의 의대생 게바라는 생화학자 친구 그라나도와 함께 모터사이클 '포데로사(Poderosa)'를 타고 남미대륙 일주에 나섰다. 평범했던 두 청년은 이 여행을 계기로 삶의 방향을 전환하였다. 즉 그라나도는 쿠바의 슈바이처로, 게바라는 쿠바 혁명가의 삶을 나아가게 되었다. 우연이란 필연으로 가는 길목에 있다. 나 또한 즉흥적으로 떠난 곳곳에서 도전과 좌절 그리고 운을 만나며 성장했다.

나는 오늘도 행운을 만든다

"뱁새가 황새 따라가다 가랑이 찢어진다."

엄마는 내가 늘 분수에 맞지 않는 삶을 산다며 걱정했다. 공항 근처도 가 본 적 없던 시절, 점쟁이가 "얘는 평생 비행기 타고 다닐 팔자야." 했는데, 이후 그 말은 큰 응원이 되었다. 연고 없는 외국으로 떠날 때면 만류보다는 엄마는 늘 "네 팔자다." 했다.

영어와 첫 인연인 방문학습지 '신기한영어나라' 연수 때 일이다. 강사들은 나의 영어 실력 때문에 영어 선생님보다는 한글 선생님을 권했다. 하지만 받아들이지 않았다. 쉬운 길을 선택하기보다 도전 정신을 자극하는 영어 강사가 되고 싶었다. 어학은 단시간에 잘할 수 없었지만, 조금씩 나아지는 모습으로 강남에서 가르치는 일에 첫발을 내디뎠다.

여러 일을 겪으며 나를 성장시키기 위해 호주에 이어 뉴질랜드로 떠났다. 당시 대부분 학생은 유학원이 마련한 절차에 따라 연수를 받았지만 나는 좌충우돌하며 모든 과정에 직접 부딪쳤다. 무턱대고 배우고자 하였다. 특히 교육 부분에 있어서 더 욕심을 냈다. 뉴질랜드 초등학교에서 직접 일할 기회를 찾아 헤맸다. 여러 번 두드린 끝에 마침내 세인트 메리 초등학교(St. Mary Primary school)에서 자원봉사를 할 수 있었다.

다음 해에는 친구가 있는 밴쿠버로 향했다. 계획을 세우지 않은 채 무작정 방문했던 그곳에서 불현듯 공부에 강한 열망이 생겼다. 준비가 없었던 탓에 돈 없이 공부할 방법을 찾았다. 우여곡절 끝에 랍슨칼리지(Robson college)에서 무료로 공부할 기회를 얻었다. 더불어 테시(Tessy)네 집에서 청소와 부엌일을 도맡아 하며 주거의 문제도 해결할 수 있었다.

어릴 적 눈물 훔치며 읽은 일본 소설 『오싱(おしん)』의 주인공처럼 어려운 환경을 이겨 내고 싶었다. '잘할 수 있어. 잘해야 해.' 다독이며, 넘어져도 다시 한번 일어나는 오뚝이 같은 시간을 보냈다. 선택의 순간엔 안락함보다는 '한번 해 봐?' 하는 도전을 택했고, 결과보다는 과정을 즐겼다. 넘어짐도 배움의 기회이며 성공의 문을 여는 소중한 열쇠가 되었다. 모든 시간과 공간에 펼쳐진 수많은 행운은 늘 그렇게 두드림을 기다려 주었다.

가출과 장기 결석으로 관심을 끌려던 철부지 어린 시절이 있었고, 가난으로 마음껏 날갯짓할 수 없었던 학창 시절도

나는 오늘도 행운을 만든다

보냈고, 코앞에 쌓인 문제로 미래를 꿈꾸는 일이 사치였던 시절도 겪었다. 하지만 어려움과 도전만큼 행운은 인생 곳곳에 있었다. 여러 운 덕분에 버겁고 까마득했던 세상의 긴 터널을 지나 중년이 되었다. 고난과 역경의 길목에서 만났던 행운을 새로운 도전을 하는 이에게 돌려줄 때가 된 것이다. 그동안 보았던 좋은 사람, 좋은 어른의 뒷모습을 따라가고 싶다.

인생은 모터사이클을 타는 것과 같다. 가슴 벅찬 아름다운 풍광을 마주하기도, 때로는 아찔한 상황을 만나기도 한다. 내 삶이 그랬다. 통쾌한 순간도 있었고 역경도 있었다. 고생을 일부러 찾아가기도 했다. 피할 수 없다면 즐기자고 다짐했다. 고개를 넘나들던 여정을 어찌 지나왔을까 싶다.

돌아보니 모든 순간이 의미 있었고 아름다웠다. 한 번뿐인 순간들, 두려워 말고 머뭇거리지 말고 주인이 되어 울퉁불퉁한 길일지라도 좌충우돌하며 나아가기를. 행운과 기회는 바람처럼 따라오는 법이니.

두려워 말고 머뭇거리지 말고 주인이 되어
울퉁불퉁한 길일지라도 좌충우돌하며 나아가기를.
행운과 기회는 바람처럼 따라오는 법이니.

앞에   4

Chapter 1

살다 보면
결국 가야 할 자리에
가게 돼요

1. 숯 깜댕이가 숯 감자를 만나면   15
2. 장기 결석한 8세의 육식 거부   22
3. 부모는 자식의 꿈을 꺾지 마라   29
4. 강사에게 성대결절이라니   35
5. 생긴 대로 살기   44
6. 강남에서 영어 수업을 시작한 행운   48
7. 똥 밟았다!   53

Chapter 2

빠른 성공보다
느린 경험이
낫습니다

1. 뉴질랜드에서 자원봉사 하면서 공부   59
2. 선의가 오해로 번지는 경우   67
3. 'How are you?'의 답은?   74
4. 로또는 번호만이 아니다   79
5. 안 되는 일도 되게 하는 방법은 있다   85
6. 넘어지는데 즐거운 이유는?   92
7. 차별을 실력으로 바꾸다   104

Chapter 3

좋은 어른이 되고 싶어요

1. 점쟁이가 말한 팔자   113
2. 내가 받고 싶은 걸 남에게 베풀다   122
3. 사랑하는 사람의 이름으로   133
4. 오 마이 갓! 학교에 놀이터가 없다니!   137
5. 25년 만의 책 반납   141
6. 공부가 재미있는 이상한 나라 왓썹   148
7. 멋진 파트너, 알로!   159
8. 고맙습니다, 길을 열어 주셔서   164

Chapter 4

세상은 넓고 멋진 사람은 많습니다

1. 문희의 친구, 혜준이   173
2. '인생은 Go 아니면 Stop!'이라는 린다   177
3. 빡빡이 크라이스트처치 사서의 품격   183
4. 공항의 영어 공부 친구, 일본 사람 이꾸꼬   187
5. 슈퍼맨 불가리안 의사, 이반   193
6. 잘 죽기 위해 태어난 신부님, 패트릭   197
7. '매듭을 넘어! Beyond Knot!'   201
8. 50대에 중등 검정고시   210

Chapter 5

우리는
꼭 다시
만나야 해요

1. 이별까지 꼭 한 달　　　　　　　　　　217

2. 작별의 시간이 주어지지 않았다　　　224

3. 죽어서도 함께 있는 꽃　　　　　　　229

4. 그때는 틀리고, 지금은 맞다　　　　　235

5. 울리는 엄마의 전화벨 소리　　　　　241

6. 이 말은 꼭 하고 싶습니다　　　　　　246

7. 고맙고 미안합니다!　　　　　　　　256

뒤에　　　　　　　　　　　　　　　　261

Chapter 1

살다 보면
결국 가야 할 자리에
가게 돼요

1. 숯 깜댕이가 숯 감자를 만나면

"운이 좋았다. 그때 살아서 집으로 돌아와서!"

1970년 12월, 나는 강원도 영월군 마차리에서 태어났다. 아빠는 지역의 명문고를 나왔으나 심장 질환이 있어 가장 역할을 다하지 못했다. 게다가 그는 가정보다 밖으로 돌며 사람들과 어울리기 좋아했다. 엄마는 정반대의 삶을 살 수밖에 없었다. 남편이 못 한 몫까지 떠맡아 바깥일까지도 해야 했다. 또한, 음식에 까탈스럽던 시부모 시중도 들어 가며 아이 여섯을 낳았다.

동네 사람들은 엄마의 성을 따 '이 장군'이라고 불렀다. 엄마는 보통 사람이 감당하기 버거운 일을 어떻게든 해냈다. 다섯째 손주는 부디 아들이기를 바랐던 할머니는 핏덩이 아이를 받고 눈길 한 번 주지 않았다. 싸늘한 할머니와 눈칫밥을 먹는 엄마 사이에서 나는 세상과 만났다.

　냉랭한 집안 공기 속에 다이내믹한 인생을 시작했다. 가족 중에 나만 유독 살갗 색이 까맣다. 모든 식구 피부는 우윳빛이다. 엄마는 갓 태어난 나를 처음 보았을 때, 사람이 아닌 줄 알고 놀라 던질 뻔했다고 했다. 엄마의 표현을 빌리자면, '숯 깜댕이'가 나온 줄 알았다고 했다. 왜 나만 피부색이 달랐을까?

　마차리는 탄광촌이었다. 광산 일을 하는 남녀노소 대부분은 흰 눈동자를 제외하고 온몸이 언제나 검은색 가루 범벅이었다. 일과를 마치면 동네 남자들은 점포에서 술로 하루의 노곤을 달랬고, 여자들은 집 앞 개울가에서 몸을 씻으며 수다로 하루를 마무리했다. 당시 임신했던 엄마는 피부색이 짙은 아줌마를 '깜댕이'라고 놀렸다. 어느 날, 아주머니 한 분이 말했다고 했다.

　"은미(큰 언니) 엄마! 자꾸 그러면 '숯 깜댕이' 낳는다."

　말은 씨가 되었다. 그렇게 새까맣게 태어난 아이가 나 '최문희'이다. 할머니는 아들의 성공을 바랐지만 '팔자 센 여자가 남편 앞길을 막는다'라며 매사에 엄마 탓을 했다. 그럴 때면 엄마는 화살을 내게 돌렸다. "문희가 숯 깜댕이 아들로만 태어났어도 어머님 구박은 덜했을 텐데……."

아빠가 병을 안고 살았기에 엄마는 나를 낳고 삼칠일이 되기도 전에 보부상이니 탄광이니 닥치는 대로 일했다. 건강한 사람이 일해야 남은 식구들이 살 수 있었다. '이 장군'이 해야 했다. 갓난아이를 혼자 두고 밖에 머무는 날도 많았다.

어느 날, 엄마는 나를 바구니에 담아 얼음장같이 차가운 윗목에 두고 이불만 덮어놓은 채 일 나갔다. 집에 돌아와 싸늘한 방 공기에 깜짝 놀라 허겁지겁 바구니로 달려갔다. 또 놀랐다. 숯 깜댕이 아기가 시퍼런 볼때기가 되고서도 생글생글 웃고 있었다.

엄마는 그런 나를 보고 '펑펑 울었다'고 했다. '얼마나 마음이 아팠을까?' 키울 수도, 버릴 수도 없는 현실에 자신의 실수를 사죄하는 마음이었을 것이다. 채 돌도 안 된 젖먹이도 춥고 배고팠을 텐데, 미안해하는 엄마를 웃으며 위로해 주고 싶었던 것 같다.

내가 국민학교에 입학하면서 우리 가족은 충청북도 제천에 정착했다. 조금만 뒤척여도 몸이 맞닿는 단칸방에서 여섯 식구가 살았다(그사이 얼굴도 모르는 언니 둘이 세상을 떠났다). 윗목에는 엄마, 아빠 그리고 남동생이, 아랫목에는 두 언니와 나 셋이 부대끼며 지냈다. 그런데도 서로 속내나 개인사를 거의 몰랐다. '태어나면서부터 배운 각자도생 탓일까?' 가끔 '우리가 정말 가족이었을까?' 생각이 들 때가 있다.

국민학교 1학년 때의 일이다. 노란 옷을 입었을 때, "여자아이가 노란 옷을 입은 거야, 아님 남자아이가 노란 옷을 입은 거야?" 하며 사람들은 갸우뚱했다. 까만 피부에 짧은 머리는 성별이 불분명해 보였다. 그런 내가 가출을 감행했다. '동네를 벗어나 본 적이 없던 어린애가 어떻게 그런 발칙한 생각을 했을까? 왜였을까?' 한 가지는 또렷했다. '엄마를 애태워 내 존재감을 보여 줘야지.'

부모가 아이를 잃고 울부짖으며 찾아다니는 영화 장면을 떠올렸다. 존재감 없던 자신을 드러내고 싶었던 모양이었다.

사람은 본인의 경험 속에서만 산다. '제천시 교동'에만 살아 봐서 넓은 세상을 알지 못했다. 그래서 그런 엄청난 결심을 했었을 것이다. 무턱대고 집을 나섰다.

작정은 했으나 막상 낯선 건물들을 보니 겁이 덜컥 났다. 길을 잃지 않으려고 『헨젤과 그레텔』처럼 나름 표식을 하며 걸었다. '교동'을 떠나 엄마가 장사하는 제천 중앙시장을 지나쳐서 곧바로 걸었다. 서울 강남대로도 아닌데 길이 직선으로만 뻗어 있었다. 막다른 길에 닿으니 제천역이었다. 발바닥에 불이 나도록 걸어 본 적은 그때가 처음이었다.

제천역은 강원도와 경상도의 환승지로 오고 가는 사람들로 가득 차 있었다. 한적한 동네 골목에서만 놀던 나는 모든 게 낯설고 신기했다. 갖가지 보따리를 이고 메고 어딘가로 떠나는 다양한 어른들, 그들 허리춤에 매달린 키 작은 아이들, 작고 어린 나에게 그곳은 거인국이었다.

추위에 떨며 긴 시간을 걸었던 탓에 굳어 가는 내 몸을 녹이고 싶었다. 역 안으로 들어서니 모퉁이에 낯선 사람들이 옹기종기 둘러앉아 있었고, 가운데에 뜨거운 난로가 있었다.

나도 모르게 본능적으로 온기를 향해 어른들 사이를 비집고 들어갔다. 기대한 따스함이 손끝에 닿기 전에 어떤 아저씨가 말했다.

"야! 너 이 감자 먹을래?"

추위와 배고픔을 참으며 걸었던 나에게 눈이 번쩍 떠지는 말이었다. 하지만 그의 손에 든 것을 보고 깜짝 놀랐다. 그것은 살점이 살짝 붙어 있는 숯 깜댕이 감자 껍데기였다. '저런!' 그 아저씨는 행색이 남루하면 쓰레기를 줘도 된다고 생각한 모양이었다. 나이가 어려도 억울했던지 "저 거지 아니에요!" 하고 소리치며 소굴을 빠져나왔다.

오던 길을 되짚어, 다행히 길을 잃지 않고 교동에 도착했다. 발은 퉁퉁 부었고 추위에 얼은 얼굴은 동태였다. 주인집을 지나 쪽문이 있는 단칸방 우리 집에 도착했을 때는 저녁 시간이었다. 밥 짓는 냄새가 코끝을 찔러 왔다. 따스했다. 온종일 내가 집을 떠나 거인국에 갔다 왔는지 어떤 도깨비 소굴을 도망쳐 왔는지 식구들은 관심이 없다.

"밥 먹어!"

소리치는 엄마 목소리가 들려왔다. 아무 말 없이 부뚜막을 지나 턱이 있는 문지방을 넘어갔다. 밥 냄새가 나에게 확 안겼다. 눈물이 찔끔 났다. 하지만 다섯 식구가 둥근 밥상에 둘러앉아 숟가락 싸움 중이었다. 자리를 찾아 조용히 전쟁에 참여했다. 그걸로 되었다.

'운이 좋았다. 그때 살아서 집으로 돌아와서!'

숯 깜댕이

2. 장기 결석한 8세의 육식 거부

"운이 좋다. 육식하지 않아도 이렇게 팔다리 튼튼하니!"

국민학교 3학년 늦가을쯤이다. 다섯 평 남짓한 공간에 여섯 식구가 살았다. 엄마 말을 빌리자면 '입에 풀칠도 힘든' 세월이었다. 아빠 병세가 깊어져 엄마의 벌이로는 병원비도 빠듯했다. 그러니 보살핌은 꿈도 못 꿀 일이었다. 조용히 지내는 게 부모의 노고를 더는 일이었다. 그런데 그즈음 엉뚱한 방법으로 나를 드러냈다. 어떤 사건으로 오랫동안 학교에 가지 않았다.

어느 날, 조회시간 전에 일진 남자아이가 나에게 다가왔다.

"야! 최문희! 너 나랑 사귄다고 소문냈냐? 내가 왜 네 자기야? 너 내 인생 책임질래?"

다짜고짜 몰아세웠다. 옆에는 그의 똘마니들이 기분 나쁘게 키득키득댔다. '자기'라는 말이 무엇인지도 몰랐는데, 당황스러웠다. 같은 반이지만 대화해 본 적도 없는 덩치 큰 아이가 덤비는 게 무서웠다. 주동자와 떨거지들은 늘 장난 거리를 찾아다녔고, 그날은 내가 그 포식자의 먹잇감이었다. "그런 말 한 적 없어!" 소리치며 뛰쳐나갔다. 등 뒤에서 낄낄대는 웃음소리가 한동안 메아리처럼 들려왔다.

학교 건물 뒤편에 숨어 울다 보니 조회 종이 울렸다. 교실로 돌아가야 하는데 발걸음이 떼어지지 않았다. 누군가 한 명이라도 다가와 "같이 가자." 하고 손을 내밀었으면 들어갈 용기가 생겼을 텐데 아무도 찾으러 나오지 않았다. 더 창피했다. 교실을 등지고 그냥 집으로 갔다. 집은 오롯이 나를 반겼다. '선생님이 엄마에게 연락할 텐데 뭐라고 둘러대나?' 궁리했다. 학교를 마칠 즈음 집 가까이 사는 반장이 가방을 건네주며 말했다.

"야, 최문희! 선생님이 내일 학교 나오래."

'학교는 가야지.' 속으로 대답했다.

마음 졸이던 저녁이 되어도 아무런 일도 일어나지 않았다.

선생님이 연락하지 않은 것이었다.

　다음 날 아침 학교 정문까지 갔지만, 발걸음은 학교 맞은
편 뒷산인 '독순봉'으로 향했다. 어린 마음에 학교의 중요성
도 몰랐고, 나를 반기지 않는 곳에는 가고 싶지 않았다. 세
상 규칙을 몰라도 너무 몰랐고 겁이 없어도 너무 없었다. 그
냥 마음 가는 대로 뒷동산으로 올랐고, 놀았다. 하루, 이틀,
일주일, 이 주일, 한 달, 두 달……. 밀림 속 타잔처럼 그렇게
혼자서 교실이 아닌 산에서 지냈다. 마치 아무 일 없듯 하교
시간에 맞추어 집으로 돌아왔다.

　엄마, 아빠는 나보다 먼저 시장에 일 나가고 나보다 늦게
집으로 돌아와서 그런 사실을 상상조차 할 수 없었을 것이
다. '믿는 도끼에 발등 찍힌다.' 딱 그거다. 그렇게 오랫동안
나의 '타잔 놀이'는 들통나지 않았다. 학교는 장기 결석생에
대해 아무런 조치가 없었다. 하지만 완전 범죄란 없는 법. 일
탈은 우연히 발각되었다. 그날도 등교 시간에 나만의 아지트
로 향했다. 대개는 하교 시간에 맞추어 집으로 돌아가는데,
그날은 무슨 마음에선지 일찍 집으로 돌아가 혼자 뒹굴뒹굴

했다. 갑자기 "딸랑~ 딸랑~" 쓰레기차 소리가 들렸다. 무심코 '연탄재'라도 버려야겠다는 생각에 문밖으로 나갔다. 마침 쓰레기를 버리러 나온 옆집 아줌마와 마주쳤다.

"문희! 너 왜 학교에 안 가고 여기에 있니?"

"어, 어어⋯⋯."

뭐라고 대답을 할 수 없었다. 장기 결석은 그렇게 쓰레기차 방울 소리와 함께 끝났다.

그해 겨울, 아빠는 하늘의 별이 되었다. 돌아가시기 며칠 전, 결석 사건의 자초지종을 알았다. 아빠가 남긴 "학교에 가라." 그 한마디는 유언이 되었다. 드라마에서처럼 부모 유언을 잘 받드는 착한 딸이 되고 싶었다. 학교로 돌아갔을 때 반 동무들은 오랜만에 나온 나를 멀뚱대며 바라만 보았다. 돌아와서 기쁘다는 말 한마디 건네는 사람이 없었다. 조용히 빈 자리를 찾아 앉았다. "우리 문희는 미스코리아지." 하며 숯 깜둥이 딸을 예뻐해 주시던 아빠의 마지막 말을 새기며 꾹 참았다. '학교 잘 다녀야지.' 결심했다. 그때부터 책상은 나와 한 몸이 되었다. 그런데 졸업식에서 나는 한두 번 결석, 지각만 하면 받을 수 있는 정근상을 받았다. 담임 선생님이 첫날만 조퇴로 처리하고 그 후로는 결석 처리를 하지 않았다. '선생님은 왜 그랬을까?'

채식 생활도 그즈음 시작되었다. 정확히는 육식을 꺼리는 습관이 생긴 것이다. 채식을 선호한다고 하면 다들 의아해한다. 몇 번이고 되묻는다. "정말요? 왜요? 그 맛있는 고기를 안 먹어요? 무슨 재미로 살아요?" 어린 시절 혼자 밥 먹는 일이 다반사였다.

어느 날 밥상에 놓인 반찬이 고등어밖에 없었다. 생선 살을 발라 먹는데 갑자기 내 젓가락에 난도질당하며 희생되는 그가 무척이나 불쌍해 보였다. 이 고등어는 바다에서 춤추며 맘껏 친구들과 놀아야 하는데, '어쩌다가 이 밥상에 올라왔을까?' 생각이 들었다. 교실을 떠나 '독순봉'에 혼자 외떨어져 있던 내 처지와 닮아 안타까웠다. 결국, '내가 생선을 먹지 않았다면 죽지 않아도 되었을 텐데.' 하는 생각을 했다.

중학생 무렵 널찍한 거실과 방이 두 개인 큰 집으로 이사

나는 오늘도 행운을 만든다

했다. 거실엔 내 키보다 더 긴 수족관이 있었다. 어느 날, 도둑이 들어 집안을 온통 들쑤셔 놓았다. 거실은 자리 잃은 짐들과 도둑 발자국으로 난장판이었다. 특히 수족관의 깨진 유리 파편과 물난리 현장은 쓰나미가 거실을 휩쓸고 지나간 듯보였다. 바닥에 퍼덕거리던 금붕어들이 하나둘씩 발버둥 치다 서서히 힘을 잃어 갔다. 삶이 죽음으로 넘어가는 과정을 눈앞에서 지켜보며 한없이 슬펐다. 생명이 까닭 없이 죽어 가다니……. 버려질 생명은 어디에도 없다. 나무를 주워 반질반질하게 사포질해서 짜맞추어 관을 만들었다. 집 뒤꼍 햇살이 부드럽게 비치는 땅에 묻어 주었다. 그 후 멸치조차 입에 대지 못했다.

얼마 뒤 더 큰 충격에 빠지는 일이 일어났다. 우리 집엔 하얀 개 한 마리를 키웠다. 부잣집에서 쓴다는 영어 이름으로 '해피'라고 불렀다. 발바리였던 그 녀석은 나처럼 동네를 휘젓고 다녔다. 하얀 털은 온 골목의 먼지를 묻혀 거무칙칙했고, 밑은 털끼리 엉겨 쓰레기 뭉치 같았다.

어느 날 녀석의 배가 불러 왔다. 밖에서 키우던 강아지라, 언제 출산할지 예상하지 못했다. 어느 추웠던 겨울밤 해피가 아무도 알지 못하는 사이 새끼 넷을 낳았다. 아침에 새끼강 아지를 발견했을 때는 모두 싸늘하게 얼어 있었다. 빛을 보지 못한 새끼들, 새끼와 한 번 놀아 주지도 못한 어미도 모두 안타까운 생명이었다. 죽은 강아지들은 모두 내가 놀던 '독순봉'에 묻어 주었다.

그즈음 자식 잃은 어미는 차츰 기운을 잃어 갔다. 큰아빠 는 개가 그냥 죽느니 보신탕 해 먹겠다며 데리고 갔다. 시장 사람들이 둘러싸고 드럼통에 불을 지폈다. 저항할 기력도 없어 보였다. 살아 있는 생명을 자기 맘대로 하는 어른에게 분노를 느꼈다. 그 후 금붕어와 해피의 마지막 순간이 생각나서 고기를 거의 먹지 않았다. 세월이 흘러 조금은 무뎌졌지만, 육식은 여전히 나에게는 불편한 일이다. 그 점에서는 한강 작가의 소설 『채식주의자』를 충분히 이해한다.

운이 좋다. 육식하지 않아도 이렇게 팔다리 튼튼하니!

3. 부모는 자식의 꿈을 꺾지 마라

"우울감아! 제발 빨리 가 주라."

엄마가 열심히 일했어도 집은 늘 가난했다. 첫째 딸 은미가 희생을 많이 했다. 큰 언니는 어릴 적부터 아픈 아빠를 돌보면서 세 동생도 보살폈다. 게다가 당시 옷 장사를 했던 엄마도 도와야 했다. 이쁘고 상냥해서 사람까지 모이게 하는 재주가 있었다. 명절 대목이면 제천 인근 시골 사람들은 설, 추석 준비하러 중앙시장으로 몰려들었다. 그야말로 시장은 인산인해를 이뤘다.

손님들에게도 인기 많은 언니는 중, 고등학생 시절 공부 대신 장사를 해야 했다. 손이 모자라 학교에 가고 싶어도 갈 수 없는 날이 많았다. 학생 신분인 그녀에게 가게는 필수였고 학교는 선택이었다. 언니는 항상 배움에 갈증을 느꼈다.

결석 날 저녁에는 친구들 공책을 빌려 베껴 가며 밤새워 공부했다. 그리고도 전교 1, 2등을 놓치지 않았다. 열악한 환경에서도 인문계 고등학교를 마치고 은행에 취직했다. 대학에 가고 싶어 했으나 엄마는 "여자가 무슨 대학이냐!"라며 언니 말을 들어주지 않았다. 첫째 딸의 작은 어깨에 가게와 동생이라는 큰 짐을 올려놨다. 개그콘서트에 나오는 "소는 누가 키워?"와 같았다.

언니가 결혼 준비를 할 즈음 엄마의 바람이 서서히 나에게로 옮겨 왔다. 내가 대학에 가기보다는 엄마 곁에 있어 주길 바랐다. 대학 합격자 발표날! 명단에 내 수험번호만 눈에 크게 들어왔다. 엄마에게 전화했다. 그녀는 다짜고짜 물었다.

"결과는?"

"죄송해요. 합격해서!"

나는 큰언니처럼 가족 때문에 미래를 저당 잡히고 싶지 않았다. 엄마에게 대놓고 말했다.

"엄마! 고생해! 앞으로 4년 더 고생해! 난 대학 다닐 거야! 난 공부할 테니, 엄마는 열심히 돈 벌어서 학비 대 줘. 4년 뒤부터는 절대 돈 달라고 안 할게. 그리고 반드시 보답할게."

"알았어……."

엄마의 목소리는 기쁜 듯 포기한 듯 떨렸다. 내 입에서 그런 말이 어떻게 나왔는지 모르겠다. 다르게 살고 싶었다. 엄마와 나는 약속대로 4년 동안 각자의 길을 걸었다. 엄마의 바람은 흩날리는 낙엽처럼 날아가 버렸고 나는 스스로 인생의 새로운 장을 열었다.

대학 생활은 대부분 '혜경이'가 중심이었다. 예술대학에 다니던 그녀는 상상 속에서도 그려 보지 않은 아이였다. 내 주변은 늘 장사하는 사람들만 있어 예술의 세계는 본 적도 경험한 적도 없었다. 그녀는 달라도 너무 달랐다. 강남 8학군 학교를 마치고 모든 식구가 '강남 사람'으로 살았다.

내가 '독순봉'을 넘나들 때 그녀는 피아노 콩쿠르대회에 나갔고 사생대회에서도 글쓰기대회에서도 상을 휩쓸었다. 대학에서는 미술 전공하며, 학보사의 만평도, 대자보도, 소설도, 시도 쓰고, 악기도 잘 다루며, 술까지 잘 마시는 전천후 재주꾼이었다. 특히 재치 있는 언변과 통찰력은 주변을 사로

잡았다.

학교 앞 카페에서 아르바이트할 때, 사장님은 혜경이 덕에 손님이 몰려온다며 그녀에게 보너스를 주기도 했다. '같은 시대를 살았는데 겪어 온 세상이 이토록 다를 수 있을까?' 적어도 나에게 그녀는 인간계가 아니었다. 나에게 대학은 그녀가 시작이었고 끝이었다.

나는 방학마다 놀러 오던 사촌오빠에게서 기타 코드 몇 개 배워 간단한 노래는 연주할 줄 알았다. 혜경이는 피아노는 프로급이지만 기타 기본 코드는 나에게 배웠다. 그녀는 몇 개 배우지도 않는데 내가 몇 해에 걸쳐 배운 연주법을 며칠 만에 배웠다. 그녀는 절대음감을 타고난 데다 한번 몰입하니 배움의 속도가 눈부셨다. 그럴 때 보면 신이 불공평했다. 가진 사람일수록 더 가지기 쉬워진다.

우리는 틈만 나면 기타를 둘러메고 다녔다. 발이 닿는 곳이면 뒷산, 잔디밭, 언덕 어느 곳에서든 튕기며 놀았다. 훌쩍 기차 여행도 떠났고 시간은 차곡차곡 쌓여 우리는 기타 치는 김민기와 양희은 같은 영혼의 짝이 되었다. 우리는 대학 축제 가요제도 참여했다. 준비 과정에서 웃지 못할 일도 많아 밤새 풀어도 못다 할 추억들이 쌓였다.

　꿈같던 20대를 지나며 졸업 후 각자 다른 길을 택했다. 나의 30대는 전공과 다른 분야에 도전하며 아등바등 좌충우돌하며 살았다. 그녀는 20대 막바지에 선배와 결혼해 두 아들과 행복한 가정을 꾸렸다. 특이하고 특별한 예술가로서 어울리지 않는 선택이었다. 가장 안정적이고 평범한 삶을 선택한 것이다. 평범하게 잘 사는 줄 알았다. 정말 그런 줄 알았다. 그녀는 아이들이 초등학교 입학 무렵 경제 활동을 해야 한다며 사회복지사 자격증 공부를 시작했다. 그렇게 '경력단절녀'라는 꼬리표를 떼고 안정적 직장에 진입하기 위해 고군분투했다. 하지만 번번이 좌절했다. 많은 걸 가졌지만 사회가 요구하는 그 무엇도 가지지 못한 그녀에게 우울증이 찾아왔다. 견뎌 내지 못했다. 2010년 늦은 봄, 그녀에게서 전화가 왔다.

　"나 없으면 아이들 좀 챙겨 줄래?"

　"뭔 소리래? 네 아이는 네가 챙겨야지, 왜 내가 챙기냐!"

　우울증의 심각성을 몰랐던 때이다. 병이 아니라 나약함이라고 치부하던 시절이었다. 우리는 매일 통화했고 서로 삶이 힘들다는 얘기는 밥 먹듯이 했다. 그렇게 투정하고 욕하면서 하루하루를 털어 버리는 줄 알았다. 그것이 떠나려는 준비인 줄 알아채지 못했다.

그러던 어느 날 사랑하는 이들을 뒤로하고 돌아올 수 없는 길을 택했다. 대학 시절의 나의 영웅, 바라기 '혜경'은 그렇게 별이 되었다. 누군가 '우울증' 또는 '우울하다'라는 말을 들으면 내 마음이 먼저 놀란다. 끊임없이 상대를 혼자 두려고 하지 않는다. 위험성을 알기 때문이다. 우울감에 시달리는 또 다른 친구가 말했다.

"문희야! 너의 전화가 힘이 돼! 너처럼 살고 싶은데 쉽지 않아. 하지만 늘 나에게 아무 말이나 해 줘. 나에게도 희망이 필요하거든."

우울감아! 제발 빨리 가 주라.

4. 강사에게
성대결절이라니

🏍️

"기억하라! 하나의 문이 닫히면 다른 문이 열린다는 것을!"

올 것이 왔다. 목에서 쉰 소리가 났다. 말하는 순간부터 바늘로 찌르는 듯한 통증이 시작되었고 몇 마디 하면 피 토할 것 같았다. 말하는 직업을 가졌고 수다가 나의 즐거움인데 통증으로 말할 수 없어 사는 낙이 줄었다.

동네 이비인후과에 갔다. 성대가 부어올랐다며 약을 권했다. '잘 먹으면 나아지겠지!' 스스로 달랬다. 시간이 지날수록 목의 통증은 심해졌고 목소리는 높고 가는 쇳소리가 나기 시작했다. 침조차 삼키기 어려울 지경에 이르렀다. 병원을 다시 찾았을 때 의사가 청천벽력 같은 소리를 했다.

"폴립이 쌍으로 생겨 바로 수술해야 합니다."

"얼마 전 검사했을 때는 그런 말 없으셨잖아요?"

"죄송합니다. 폴립이 너무 아래에 생겼네요. 아산병원에 긴급수술 요청하겠습니다."

'제기랄.'

성대 양쪽에 눈사람처럼 두 개의 혹이 있었다. 전신마취를 했다. 수술 후 집에 어떻게 왔는지, 어떻게 눈을 떴는지도 알 수 없다. 그저 눈을 떴을 때 'Thanks God! 앞으로 정말 모든 걸 감사하며 살겠습니다.' 했다.

며칠 후 마스크에 'X' 표시하고 출근했다. 난관에 부딪쳤다. 아이들은 성대 수술이란 걸 알지 못하니 끊임없이 말을 시켰고 매번 글로 답해야 했다. 학원에 있으니 나도 모르게 말하는 일이 생겼다. 말없이 할 수 있는 일을 찾아보기로 했다.

'한쪽 문이 닫히면 다른 쪽 문이 열린다.'라는 말이 있다. 결국 '야호! 유레카~!' 하고 소리쳤다.

평소 잘하고 싶었던 분야의 대가들을 찾아 현장에서 참관하기로 했다. 디지털 기반 교수법(Digital Based Teaching)으로 아이들을 가르치는 중학교의 송 선생님, 간디학교, 천안과 이천의 유명 학원 담당자에게 메일을 보냈다. '지금 성대 수술한 상태라 말을 할 수 없는 상황인데 이 시간이 헛되지 않게 평소 배우고 싶었던 수업을 참관해 보고 싶다.'라고 하면서 기회를 부탁했다. 생면부지의 사람에게 수업을 공개하는 게 쉽지 않은 일인데 다들 너른 마음으로 응해 주었다.

처음 찾아간 곳은 삼성동의 송 선생님이었다. 공교육에서 사춘기 중학생들을 몰입도 있게 가르치기로 유명했다. 학생 40명을 1시간 동안 수업에 집중시키는 건 여간 어려운 일이 아니다. 학생들은 마치 홀린 듯 수업에 빠져들었다.

'빠져든다~ 빠져들어.' 그분 강의는 어른인 나도 눈을 뗄 수 없었다. 너무 재미있었다. 교실은 배움으로 흥이 나서 떠나갈 듯했고 딴짓하는 친구들은 찾아 볼 수 없었다. 모두 능동적이었다. 학급 전체가 뜨거웠다.

두 번째 찾아간 곳은 간디학교였다. 언젠가 이 학교를 다룬 특집 기사를 보고 한번은 내 눈으로 보고 싶었다. 학교는 산청과 제천에 있는데 고향 제천의 간디학교로 찾아갔다. 조회 시간부터 수업 시간까지 자유로우면서 질서정연했다. 자유로운데 질서정연한 것이 아이러니했다. 학교 행사를 준비하고 있었다. 선생님들은 목표와 꼭 해야만 하는 커다란 윤곽을 제시하였고 학생들은 서로 대화하면서 행사를 멋지게 채워 나갈 꼼꼼한 계획들을 짜고 있었다. 나에게는 문화 충격이었다. 대개 보통의 학교는 학교에서 할 일들을 정하고 학생들은 이에 따르기만 하는 하달식이기 때문이었다.

무엇보다 교무실 문턱이 낮아 아이들은 수시로 드나들며 선생님과 고민거리를 나누고 마치 친구처럼 격의 없는 모습에 놀랐다. 교실 수업도 충격이었다. 아이들은 다른 의견을 경청하고 주장하며 토론에서 결론으로 도달했다. 학교는 의욕과 생동감으로 활기 넘쳤다. '살아 있구나. 꿈틀거리는구나.' 아이들은 자기가 배운 대로 자기의 삶도 주체적으로 꾸려 갈 것이라는 믿음이 느껴졌다.

천안에서는 유명 학원의 중고등부 수업을 참관했다. 살벌했다. 삼성동 중학교와 간디학교의 공기는 학습자의 이상향이었다면 이제 현실로 돌아온 것이다. 교무실은 선생님들의 자료 전쟁터였고 성적과 대학 이야기로 가득 찼다. 그 느낌은 교실의 아이들에게 고스란히 전해졌다. 학원 안팎의 학생들은 긴장을 풀지 못했다. 책에 얼굴을 파묻고 등원했고 앉자마자 시험을 보았다. 서로 인사를 건네거나 관계를 쌓기보다는 그날의 학습 과제에 몰두했다. 경쟁 속에서 치열하게 살아야 하는 아이들이 안타까웠다. 교육은 누구를 위한 것일까? 한 줄을 세우고 목표만 보며 달려가는 경주마 같은 교육이 꼭 필요한 걸까? 이런 의문을 가진 시간이었다.

이천의 영어유치원은 천국이었다. 수업은 아이들의 에너지를 몽땅 빨아들일 만큼 재미있는 게임으로 가득 차 있었다. 아이들은 어려운 언어를 쉽고 편안하게 원어민처럼 끊임없이 좋알댔다. 교실은 아이들의 웃음소리와 생기로 넘쳤다. 영어 공부의 목표는 소통이다. 아이들은 자기표현에 거침이 없었고 자유로웠다. 유토피아 그 자체였다. 마침내 수업의 표본을 발견한 것이다.

시사만화를 본 적이 있다. 선생님이 질문한다. 다채로운 답변을 생각한다. 선진국은 학생들의 다양한 생각 풍선을 점점 크게 만들고 후진국은 아이들의 다양한 생각 풍선을 잘라 네모난 한 가지 생각으로 규격화한다는 것이었다. 당장 교육을 바꿀 수는 없지만 내 위치에서 아이들의 자유로움을 살려 주는 수업을 해야겠다고 결심한 계기였다.

재미난 일도 있었다. 돌아오는 국도에서 깜빡 속도를 잊고 달리던 나를 경찰이 세웠다. 그는 면허증을 보여 달라고 했다. 보통은 "죄송합니다. 싼 걸로 끊어 주세요." 하는데 이날은 한마디 말도 할 수 없었다. 쪽지에 글을 썼다. "죄송해요. 저렴한 걸로 부탁드려요." 경찰관은 나를 언어장애를 가진 사람으로 생각한 듯하다. 안쓰럽게 여기며 그냥 가라고 했다. 성대 수술로 쉬는 동안에도 쉬지 않았다.

무언가를 배웠고 목표로 세울 만한 일들을 만났다. 가만히 있으면 아무 일도 일어나지 않는다. 가만히 있지 않으면 방향도 알려 주지 않은 공처럼 튀어 오른다. 인생은 새옹지마(塞翁之馬)라고 했다. 오늘의 불운이 내일의 행운이 될 수도 있고, 오늘의 행운이 내일의 불운이 될 수도 있다. 나는 성대 수술을 좌절이 아닌 기회로 만들었다.

운이 좋다. 디지털 기반 중심, 웃음꽃이 피어나는 교실을 참관할 기회를 만났고 그것을 현실에 적용할 수 있어서.

"Remember!

When one door closes, another one opens!"

"기억하라!

하나의 문이 닫히면 다른 문이 열린다는 것을!"

- Hellen Keller

오늘의 불운이 내일의 행운이 될 수도 있고,
오늘의 행운이 내일의 불운이 될 수도 있다.

5. 생긴 대로 살기

"운이 좋았다, 천직을 찾기 위한 방황의 시간이 짧아서."

나는 '즉흥적'이다. 의식 흐름대로 물 흐르듯 살아왔다. 타고난 기질상, 삶에 '꼼꼼'이란 단어가 없다.

그런 내가 정교함과 치밀함을 요구하는 실험실에서 일한 적이 있다. 대학 시절 지도교수는 〈네이처〉지에 논문이 여러 번 실릴 만큼 유명한 천문학자였다.

그녀는 1950~1960년 독일 유학 시절, 알베르트 아인슈타인(Albert Einstein)이 사용한 천체망원경으로 공부했다. 여자의 유학은 상상도 할 수 없는 시절이었다. 150cm 정도 작은 키의 동양 여자가 함부르크 대학의 거대한 망원경에서 떨어진 이야기, 언어 장벽을 뛰어넘기 위해 부딪쳤던 울지도 웃지도 못할 일화들, 쉬는 시간 화장실에만 다녀오면 공책이 사라져 집에 늘 몇 권씩 필사해 놓아야 했던 일, 누구도 상상할 수조차 없는 일들을 그녀는 해냈다. 작은 거인이었다.

대학교 3학년 무렵, 수업 중 어떤 흐름에서 그 교수가 "최문희가 우리 과에서 취직을 제일 늦게 한다."라며 한 표를 걸었다. 그녀의 치열했던 젊은 시절에 비하면 친구들과 노는 나의 삶을 소모적이라고 생각했던 것 같다.

4학년이 되었다. 엄마에게 손을 벌리지 않겠다고 약속했으니 취업해야 했다. 3년 내내 공부보다는 딴짓에 정신 팔려 보낸 탓에 미래가 걱정되었다. 취직이 잘되는 유망 직종을 찾았다. "자격증만 있으면 100% 취직"이라는 문구에 혹했다 '대기환경 기사'였다.

건축기사, 조경기사, 전기기사는 익숙한데, 이건 낯선 직종이었다. 그 시대는 이공계열 중에 환경 전공과목은 거의 없었다. 시험 기출 문제 족보조차 없는 불모지였다. 기사 2급보다는 이왕 공부하는 거 더 어려운 기사 1급에 도전하기로 했다. 비전공이라 1년 이상 공부해야 했다. 한순간의 선택이었지만 결정한 일에 몰입해야만 했다.

  자격증 관련 학원이 영등포에 있어서, 근처에 고시원을 얻었다. 초 단위로 살았다. 잠시 세상과 단절하고 목표만을 좇았다. 환경기사 공부 모임에 참여하고 싶었으나 전공자가 아닌 나를 허락하지 않았다. 홀로 서야 했다. 해병대가 그랬다지. '안 되면 되게 하라.' 시험 준비 3개월 만에 객관식 1차 시험을 턱걸이로 통과했다. 하지만 풀이 과정까지 적어야 하는 서술형 2차 시험은 100m를 10초 내로 뛰어야 하는 정도의 난관이었다.

  도서관 불이 켜지기 전에 좋은 자리를 맡기 위해 줄을 서는 일도 대학 4학년 때 경험했다. 밤늦게까지 의자와 붙어 지냈다. 어렵다는 2차 시험도 6개월 만에 합격했다. 비전공자로서는 기적이었다. 가장 늦게 취직할 거라 장담했던 교수님 예언이 무색하게 졸업도 하기 전에 과에서 1등으로 실험실에 취직했다. 어쩌면 그녀는 그런 나의 오기를 노렸는지는 모르겠다.

문제는 그 이후였다. 실험실은 온통 화학기호였다. 전공하지 않고 자격증만 얻기 위해 공부한 나에게 그것들은 외계어 같았다. H_2O_2와 $HClO_4$, CH_4와 C_2H_6 등 원소기호 아래 숫자 하나가 얼마나 큰 차이인지 몰랐다. 에탄과 메탄의 표시도 헷갈리고 화학기호를 구분 못 해 불낼 뻔한 적도 있었다. 인체에 치명적인, 해골이 그려진 화학약품도 수두룩했다.

특히 강산성 약품들엔 살짝만 몸이 스쳐도 화상을 입고 섬유들은 헤어졌다. 본의 아니게 총알 티셔츠와 바지를 입고 다녔다. 사고로 이어지지나 않을까 날마다 노심초사했다. 무엇보다 정확한 숫자를 밝혀야 하는 실험에서 오류를 내지 않을까 전전긍긍했다. 취직의 기쁨도 잠시, 맞지 않던 첫 번째 직장은 1년으로 끝냈다. 이후 천직을 찾아서, 하고 싶은 일이 있으면 반드시 그 일을 했고, 20대도 30대도 어디든 가고 싶으면 항상 그곳에 있었다.

운이 좋았다. 천직을 찾기 위한 방황의 시간이 짧아서.

6. 강남에서
영어 수업을 시작한 행운

"행운이었다, 첫 출발이 그렇게도 까다로운 강남이라서!"

영어의 '영' 자도 모르던 시절 친구, 혜준이 추천으로 한솔교육에 입사했다. 그 회사의 한 갈래인 "신기한영어나라"는 영아부터 초등생까지 간단한 회화를 가르치는 방문학습지 회사였다. 그곳에서 출시한 강아지 인형과 마그넷으로 소리를 들려주는 '토킹 머신(talking machine)'은 조기교육 열풍에 맞물려 인기를 끌고 있었다.

교사가 되기 위한 특별 연수가 충주에서 3주 동안 있었다. 연수원에 예비 선생님 100여 명이 모여 교육을 받았다. 강사들은 학습자와의 첫 만남, 가르칠 내용, 학습 목표에 맞는 다양한 교수법 등을 강의했다. 신입 교사들은 교사로서 자질을

갖추려고 열심히 배웠다.

연수 마치기 며칠 전, 담당 강사가 개인 면담을 청해 왔다.

"최문희 선생님! 정말 너무 좋아서 드리는 말씀인데 '신기한영어나라' 말고 '신기한한글나라'에서 근무하면 안 될까요?"

"왜요? 전 '신기한영어나라'에 입사했는데요."

"성격은 너무 좋으신데 영어 회화 때문에 '신기한영어나라'로 발령이 힘들 것 같아요. 특히 강남 지역은 부모들 교육 수준이 높아 힘들 것 같아요. 과목을 바꾸시는 건 어떨까요?"

"아뇨, 전 바꾸기 싫어요. 어떻게 해야 '신기한영어나라'에서 근무할 수 있나요? 전 영어 나라에서 일할 거예요."

"음…. 그러면 강사들끼리 방법을 찾고 말씀드릴게요."

강사들은 회의를 거쳐 추후 다른 과목으로 이동 또는 잔류를 결정하기로 했다. 나는 강사들에게 끊임없이 질문했고 시연 수업 후 피드백을 부탁했다. 그들은 배우려고 하는 신임 선생님을 귀찮아했겠지만, 또한 나의 노력에 대견해하기도 했다. 태도가 중요한 것이니까!

웃으면서 아이를 맞는 손짓부터 교본에 나오는 회화까지 열심히 외웠다. 틈만 나면 인형 '토킹머신'을 가지고 귀여운 강아지 목소리를 연습했다. 포기할 수 없었다. 꼭 강남에서 일을 시작하고 싶었다. 마지막 날 강사가 다시 나를 불렀다.

"참 열심히 하시네요. 잘하시는 건 아니지만 지금 태도라면 금방 잘할 거라 믿어요."

인사부에서 나의 의견을 존중해 주었고 '신기한영어나라' 강남 서초지국에서 영어 교사로서 첫발을 내디뎠다.

처음에는 시끄럽고, 내 계획대로 따르지 않는 아이들을 좋아하지 않았다. 하지만 만나면 만날수록 보면 볼수록 아이들에게 점점 빠져들었다. 어떤 중독보다 더 찐한 중독. 솜사탕같이 달콤한 웃음소리, 꼼지락거리며 움직이는 손가락 하나하나, 젖 향기가 가득한 입을 뻥긋할 때마다 벌어지는 모습, 별에서 떨어진 듯한 초롱초롱한 말 한마디에 빠지니 헤어 나올 수가 없다. 낮에 실컷 보고 밤에 얼굴이 아른거리고 다시 만날 날이 기다려지면 그건 사랑하는 거였다.

찾고 싶었던 나의 천직을 만났다. 학습자가 내 수업 준비에 태도를 맞추는 게 아니라 내가 학생 눈높이에 맞춰 수업 준비를 해야 하는 것을 깨우쳤다. 언제나 아이들과 같은 밝고 활기찬 목소리로 그들을 만났고, 깨알같이 눈높이에 맞는 수업을 준비했고, 어느 순간도 호기심 많은 눈에서 눈을 떼지 않았다. 어떻게 하면 더 재미있게 더 몰입하게 할 수 있을까 궁리하고 또 고민했다.

친구 혜준이는 송파에서, 나는 강남에서 오름세를 탔다. 밤늦도록 가르쳤고 새로 만날 신규생을 상담했다. 미친 듯이 일했고 시간 가는 줄도 내 20대가 저무는 줄도 몰랐다. '놀 땐 놀고, 일할 땐 일하라'를 되뇌었다. 무언가가 차오르며 날마다 앞으로 미세하게 성장해 간다는 느낌이 들었다. 그때까진 유아교육 경험이 전혀 없던 나는, 혜준이에게 많은 도움을 받았다. 시간과 노력은 배신하지 않는다.

강남에서 유명 인사가 되었다. 아이를 맡기려는 엄마가 줄을 섰고 수업 앞뒤 가리지 않고 상담은 이어졌다. 사무실에 선생님 현황표가 있었다. 학생 수와 교재 판매에 비례하여 선생님 이름 옆에 꽃을 붙여 주었다. 내 이름 옆에는 언제나 꽃이 만발했고 종종 다른 선생님의 땅에서도 내 꽃이 피었다. 그렇게 강남과의 인연이 시작되었다.

행운이었다. 첫 출발이 그렇게도 까다로운 강남이라서!

7. 똥 밟았다!

"운이 좋았다, 똥 밟아서."

1997년 즈음 사당동 옥탑방에 살았다. 부동산에서 '더 싼 집은 서울에 없다.'라고 말했다. 1층은 여자목욕탕, 2층은 남자목욕탕, 3층은 주인집, 4층이 내가 사는 집이었다. 옥상은 감성과 꿈의 대명사가 아닌가. 하늘과 맞닿은 그 집에서 내 삶도 그런 모든 것들로 충만하길 바랐다. 하지만 꿈은 단지 꿈일 뿐이다. 그곳은 눈비 닥치면 천재지변을 피할 공간으로 나 적합했다.

집에서 사는 생명은 나뿐만이 아니었다. 습기 많고 오래된 목욕탕 건물은 바퀴벌레에겐 최적의 거처였다. 주인은 바퀴벌레가 크다고 미국산이라고 했다. 그것들은 박쥐처럼 날아

다녔다. 방에서 불을 끄면 조용히 기어 나오는 바퀴벌레 소리가 정적을 깼다. 재빠르다. 나오고 또 나왔다. 정말 검은 파도가 끊이지 않는 모습과 같았다. 바퀴벌레의 번식 속도는 지구가 멸망해 모든 생명체가 사라져도 그 종만은 남을 것이라는 말이 허언이 아님을 그때 확신했다. 어떤 수단과 방법을 사용해서 박멸시키려 해도 무용지물이었다.

늘 불을 켜 놓고 인기척을 냈다. 그러면 그들도 '함께' 사는 사람을 피해 잠시 어둠 속으로 사라진다. 어릴 적 타잔 놀이를 하며 흙 속에서 자란 탓인지 다행스럽게도 난 이 이상한 동거가 불편하지 않았다. 받아들였다고 하는 게 맞았다. 종의 경계를 넘어 공존의 길을 터득했다.

비둘기도 이 집을 너무 사랑했다. 불쑥 솟아난 옥상 집으로 동네 비둘기들이 모여들었다. 새벽부터 아침나절까지 창턱이나 지붕 끄트머리에 앉아 '구우구우' 소리 냈다. 그게 비둘기 소리인지를 몰랐을 때는 두려웠다. 유리창, 주방, 화장실, 현관 입구 그 어떤 곳도 비둘기에서 벗어날 수 없었다. 사방에서 무서운 소리가 들려올 때마다 에드거 앨런 포(Edgar

Allan Poe)의 벽에 갇힌 검은 고양이가 생각났다. 소리의 실체를 알고 넓은 포용력으로 받아들였다. 그래도 비둘기의 분비물을 참기는 힘들었다. 바퀴벌레와 비둘기, 그렇게 우리는 한 지붕 세 가족이 되었다.

황당한 일은 덤이었다. 센서 등이 없어 입구 철문에 구멍을 찾아 열쇠를 돌리는 일은 순전히 손끝의 감각에 의존해야 했다. 동네 목욕탕이라 입구는 항상 열려 있었고, 어둠 속에서 문 쪽으로 다가가는 나는 캄캄한 주변이 늘 불안했다.

그날은 평소보다 조금 늦게 퇴근했다. 문 앞에 도달한 순간 발끝이 뭔가 물컹했다. 놀라움도 잠시 머릿속에 온갖 생각이 지나갔다. 재빠르게 현관문을 열어젖히자 새어 나오는 불빛에 그것의 정체가 고스란히 드러났다. 믿고 싶지 않은 광경이었다.

누군가의 매우 다급한 상황을 보여 주는 징표가 흐릿한 조명등에 도드라졌다. 어떤 인간이 4층까지 올라와 똥을 싸질러 놓은 것이다. 어쩌겠는가. 이미 벌어진 일이고, 범인도 오리무중이니 돌 던질 곳도 없었다. 꿈보다 해몽이라고, 상황을 잘 해석하기로 마음먹었다. '똥은 더럽지만, 황금이다. 꿈에서 똥은 돈이다.' 모르고 똥을 밟고 치우다 손에 묻히고 말았지만, 금은보화가 생길 거라고 바꾸어 위로하였다.

그 후 낭만과 꿈의 옥탑방에서 내려오기 위해 돈을 모았다. 노력 끝에 2층으로 이사했다.

운이 좋았다. 똥 밟아서.

Chapter 2

빠른 성공보다
느린 경험이
낫습니다

1. 뉴질랜드에서
자원봉사 하면서 공부

🏍️

"20여 년 동안 수많은 한국 학생을 보았지만,
너처럼 오뚝이처럼 일어서는 학생은 처음이야."

'신기한영어나라'에 이어 선풍을 일으켰던 영어유치원 '원더랜드'에 1년쯤 근무했다. 학원 실내 벽화를 그린 친구 혜경이가 나를 '강남 영어 선생님'이라고 소개했다. 학원가에서는 '강남' 이름표만 있으면 점수를 따고 들어갔다. 하지만 현장에서 직접 아이들을 가르쳐 보니 실력이 부끄러웠다. 영어 선생님인데 원어민 선생님과의 회화도 서툴러서 민망했다. 좀 더 기량을 갖춰서 학생들을 만나고 싶었다. '일단 떠나자! 영어권에 가 보면 무언가 보이겠지, 설령 모르는 세상일지라도 차차 알게 되겠지.'

한국인이 드문 뉴질랜드 도시를 택했다. 강남고속버스터미널만큼 작은 크라이스트처치 국제공항(Christchurch International Airport)에 내렸다. 비행기를 함께 타고 온 유학생 몇 명은 환영 피켓을 들고 있던 유학원 직원과 떠났다. 나만 덩그러니 입국장에 남아 있었다. '흠흠' 마음을 다져 먹고 택시 기사에게 도심에 있는 유명한 백패커 하우스(backpacker house)에 내려 달라고 했다.

무엇이든 처음부터 끝까지 전 과정을 해 보고 싶었다. 맨땅에 헤딩! 그런 결심을 한 자신이 대견하면서도 걱정도 한 아름이었다. 난 한국에서 영어 강사이니 영어권 학교 문화와 교육 체계부터 배우고 싶었다. '어떻게? 그래! 초등학교에서 근무해 보자.'

다음 날부터 지도와 전화번호부를 펼쳐 놓고 근처 여러 초등학교에 전화했다. 한국에서 온 학생인데 자원봉사를 할 수 있는지 물었다. 모두 정중히 거절했다. 학부모 자원봉사자가 있어 필요 없다는 응답이었다. 사실은 서투른 영어가 이유였을 것이다. 여러 학교에서 거절당했지만 포기하지는 않았다. '나의 진심 어린 얼굴을 보여 줘야지' 결심하고 발품을 팔아

학교를 찾아 나섰다.

아침 식사가 끝나면 지도를 들고 나섰다. 종교 학교는 특정 종교인이 아니라 거절했다. 그러면 '견학 왔다' 생각하고 학교의 특이점을 보면서 나왔다. 오라는 곳은 없었지만 갈 곳은 많았다. 다음 학교를 방문하려고 버스를 기다렸다. 정류장에서 가만히 있지 않았다. 스치는 낯선 곳에서 낯선 사람들과 짧은 순간들에도 이야기를 주고받았다.

어느 날 새로운 일이 생길 것 같은 설렘으로 하루를 맞았다. 무언가 세상이 나를 도와줄 것 같은 느낌! 거울에 비친 내 얼굴에 한 번 '씨익' 웃어 주었다. '잘할 수 있지? 설마 또 거절당해도 아무렇지 않을 거지? 학교는 또 있으니까? 그냥 하는 거야! 선택은 내 뜻대로 안 되지만 노력은 내 뜻대로 할 수 있잖아!' 최면을 걸고 학교를 찾아 나섰다.

점찍어 둔 세인트 메리 초등학교(St. Mary Primary School)가 저 멀리 보였다. 정문에선 풍채 좋은 노신사가 아이들을 맞이하고 있었다. 그냥 '세상에 도움이 필요한 사람이여, 모두 이곳으로 오라.' 하는 인자함이 라일락 향기처럼 물씬 풍겼다. '오

호라, 저 가요~' 달려갔다. 웃으며 인사했다. 교장 선생님이
었다. 마지막 학생을 들여보내고 내게 교무실로 가자고 눈짓
했다. 맞이하는 비서도 분위기가 이전에 방문했던 학교와 사
뭇 달랐다. 조금은 떨리는 목소리로 내가 처한 상황을 설명
했다.

"안녕하세요. 저는 앨리스(Alice)입니다. 한국에서 초등학생
에게 영어를 가르쳐요. 하지만 외국에서 공부한 경험이 없어
가르치면서도 늘 무엇인지 부족한 느낌이었습니다. 영어권
교육 현장은 어떻게 다른지 궁금해서 여기까지 왔어요. 무엇
이든 잘 배워 한국에 가면 아이들을 잘 가르치고 싶어요. 기
회를 주세요."

"신통하네요. 이곳에서 하고 싶은 거 마음껏 해 보세요."

"교무실 그리고 여러 학년의 교실을 구경해도 될까요?"

"다 둘러보고, 배울 수 있는 거 다 배우세요. 무엇이든 기
회 있을 때 하세요. 언제든 도움 필요하면 찾아오세요." 교장
선생님은 용기가 대견하다며 1초도 주저하지 않고 자원봉사
를 허락했다.

처음에는 1학년과 2학년 교실을 오갔다. 4학년, 5학년, 6학년 수업도 참관했다. 그러면서 감이 왔다. 고학년은 수업 난이도가 쉽지 않았다. 저학년은 수업 말고도 교실 정리, 생활 보조 같은 손길이 필요했다. 1학년을 택했다. 붙박이가 되어 아이들과 함께했다. 조회 시간부터 쉬는 시간 하교 시간까지 열심히 관찰했다. 학생들의 기본 생활을 도우며 선생님과 학생의 입장을 동시에 익혔다. 나는 선생님이 아이들과 어떻게 관계와 믿음을 형성하고 가르치는지 배웠다. 특히 느린 아이들을 어떻게 대하는지 많은 도움을 얻었다.

교실마다 학부모 자원봉사자도 있었다. 그들은 장애인과 학습 능력이 느린 아이 곁에서 도움을 주고 있었다. 문화 충격이었다. 장애아는 특수학교에 가는 우리나라와는 달랐다. 장애아와 비장애아가 자연스럽게 어울리는 것이었다. 우열반이 없고, 수업은 진도보다는 질문과 각종 다른 답, 프로젝트 수업 중심으로 진행되었다. 우리나라 1·2학년에게도 아주 절실한 교육법이라 느꼈다.

미술 수업은 주변에서 손쉽게 구할 수 있는 흔한 재료로 창의적으로 펼쳐졌다. 달걀 곽은 애벌레의 일생을 나타내는 작품으로 바뀌었고, 떨어진 잎사귀들은 벽에 붙여져 계절의 변화와 식물의 생애를 보여 줬다. 애벌레, 계절, 풀과 나무가 변해 가는 모습을 보면서 아이들은 자연과 공존 의미를 생활에서 깨달을 듯하다. 여린 손끝에서 탄생하는 작품은 모두가 피카소의 거작처럼 인정받는 시간이었다.

놀란 것은 쉬는 시간 '30분'이었다. 어릴 적 나의 동네에 '보루' 또는 '콩주머니', '우리 집에 왜 왔니?', '꼬마야, 꼬마야 땅을 짚어라!', '사방치기' 같은 놀이가 있었다. 그런데 뉴질랜드 아이들이 쉬는 시간에 내 어릴 적 놀이를 하는 게 아닌가? 영어권 아이들의 놀이는 다를 거로 생각했다.

곰곰이 생각해 보니 놀이도 문화도 민들레 홀씨처럼 바람 따라 퍼지는 것이었다. 어릴 적 배운 "비바람이 치던 바다 잔잔해져 오면 오늘 그대 오시려나"로 시작하는 노래 〈연가_{戀歌}〉도 6·25전쟁 당시 연합군으로 참전했던 뉴질랜드 군인이 고향을 그리며 전해 준 노래였다고 한다. 아이들은 아주 짧은 쉬는 시간에 마음껏 뛰놀며 몸을 놀렸다. '건강한 신체에 건강한 정신이 깃든다.'라고 하지 않던가. 또 곧바로 샘솟는 힘으로 활기찬 수업이 이어졌다.

크게 배운 부분 중 하나는 글자 읽는 방법인 '파닉스(phonics)' 시간이었다. 뉴질랜드 초등학교 교실에는 1학년부터 6학년까지 '파닉스' 수업이 있다. 1학년은 각 글자의 소리와 단모음, 2·3학년은 장모음 또는 각종 모음, 4·5학년은 각종 묵음과 외래어를 배운다. 학년에 맞게 잘게 나눠 아주 천천히 촘촘히 메꾸며 한 계단씩 오른다. 제일 마음에 들었다.

천천히 꼼꼼히 그리고 조금씩.

당시 '빨리빨리'를 사랑하는 우리나라는 파닉스 한 달 마스터 과정이 유행했다. 학습을, 언어를 번갯불에 콩 구워 먹듯 하는 것이다. 세인트 메리 학교에서 보낸 시간은 날마다 좋은 토양을 만드는 과정이었다. 첫 만남 때 교장 선생님이 어깨를 두드리며 한 말씀이 신호탄이었다. "열심히 배우라." 한순간도 낭비하지 않으려 애썼다. 아이들의 도우미로 선생님들의 보조로 일하며 쌓은 경험은 지금 나의 큰 밑거름이 되었다. 성장에 깊이를 더해 준 소중한 여정이었다. 외국에 있으면 종종 한국 사람이, 한국말이, 그냥 한국이 그리울 때 찾아가던 도심 편의점 아주머니가 따뜻한 말로 응원해 주었다.

"20여 년 동안 수많은 한국 학생을 보았지만, 너처럼 물불 안 가리고 오뚝이처럼 일어서는 학생은 처음이야. 멋져."

그 말은 두려워 말고 계속 도전하라는 채찍이 되었다. 그렇게 스스로 운을 만들어 나갔다.

운이 좋았다. 포기하지 않고 덤빈 내게 행운의 여신은 비켜 가지 않아서.

2. 선의가 오해로
번지는 경우

🏍️

"알지 못하는 것을 탐험하고, 예상치 못한 일을 받아들이며,
그 여정이 가장 큰 스승이 되게 하라."

뉴질랜드에 도착하고 거처를 이리저리 메뚜기처럼 옮겨 다녔다. 친구가 도심에서 떨어진 하숙집을 소개했다. 집주인 제시카에겐 세 아이 네 살 에밀리(Emily), 다섯 살 조슈아(Joshua), 여덟 살 다이앤(Dian)이 있었다. 그리고 대만에서 온 데이비드(David)가 유일한 하숙생이었다. 중국이나 대만에선 상류층 자식들만 외국에 공부하러 나갈 수 있는 시절이었다. 데이비드도 십 대였지만 자가용이 있었다.

조슈아 가족이 여러 이유로 좋았다. 제시카는 한국에 있는 나의 엄마 같았다. 장소와 시간만 달랐을 뿐이다. 여자 혼자서 아이 셋을 키운다는 것이 '시시포스'의 바위처럼 끝나지

않는 전쟁이었다. 같은 여자로서 삶이 녹록지 않아 보여 안쓰러웠다.

늘 도와주고 싶었다. 집에 돌아오면 세 아이와 놀아 주며 엄마만의 시간을 마련해 주었다. 하지만 오히려 내가 놀면서 영어를 배웠다. 세 남매는 자연스럽게 내게 영어 선생님이 되었다. 어른들은 외국인인 나를 배려해서 천천히 말해 주지만, 아이들은 그들만의 속도로 빠르게 말을 내뱉었다. 처음에는 알아듣기가 힘들었지만, 차츰 원어민들의 자연스러운 대화 속도에 익숙해졌다.

재미있게 놀았다. 지붕을 타고 오르락내리락 바람을 느꼈고, 차도 사람도 없는 텅 빈 도로를 마음껏 달리기도 했다. 〈플로리다 프로젝트〉의 주인공 'Mooni'가 마치 나의 이름 문희 같았다. 그 영화에서도 '무니'는 항상 달리며 놀았다. 또한, 아무도 모를 비밀 장소에 숨어들고 또 잡아내는 숨바꼭질의 짜릿함을 나누었다. 속도감 있게 언어와 문화를 접했다.

어느 날 제시카가 심하게 아팠다. 내가 집안일도 해야 했다. 저녁밥을 먹이고 아이들을 씻겼다. 특히 다섯 살 개구쟁이 조수아를 씻길 때는 전쟁도 그런 전쟁이 없었다. 사건은 다음 날 저녁에 일어났다. 이혼하고 따로 살던 조수아 아빠가 갑작스럽게 찾아왔다. 그는 격주로 집에 아이들과 놀았기에 나와는 인사를 나누던 사이였다. 그때마다 집안일과 아이들을 돌봐 주는 내게 고맙다고 인사했었다. 그런 그가 다짜고짜 화를 내었다. 전날 조수아를 씻기면서 아이의 중요한 부위를 만졌다는 것이다. 아니, 그렇게 단정 지었다. 말도 안 되는 억지였다.

그의 목소리는 분노로 떨렸고 나를 '아동 성추행범(child abuse)'으로 신고하겠다고 했다. 그 순간 당혹감에 휩싸였다. '성추행'이라는 단어는 영화에서나 들어 봤을 뿐이었다. 돕고자 하던 마음이 한순간에 오해로 얼룩지다니. 그는 나에게 선택권을 주었다. 당장 집을 나가든지 경찰 조사를 받든지. 아이와 나를 잠시라도 같은 집에 둘 수 없다는 것이었다.

성추행 가해자는 피해자와 즉각 분리되어야 한다는 것이었다. 보호자로서 피해자 관점에서 보면 맞는 방법이다. 나의 의도와 진실은 중요치 않았다. 아이와 아빠가 그렇게 느낀 게 중요했다. 경찰서에서 진실 싸움을 할 자신이 없었다.

억울해서 미칠 지경이었다. 울면서 짐을 쌌다. 그 방법 외에
는 달리 선택이 없었다.

도심에서 떨어진 시골이라 해가 떨어지면 차는 물론 걸어
다니는 사람조차 없었다. 어둠 속에서 이민 가방을 끌며 어
디로 가야 할지 눈앞이 캄캄했다. 모든 상황을 지켜보던 데
이비드가 말했다.

"오늘 밤 숙소를 찾을 때까지 도와줄게, 잘 이겨 내."

고마웠다. 별들이 유난히 빛나던 밤, 칠흑 같은 어둠 속에
서 우리는 큰 가방을 끌며 나의 잠자리를 찾아 헤매었다.

크라이스트처치의 호스텔은 언제나 젊은 여행객들로 북적였
다. 서너 군데를 돌아다닌 끝에 마침내 2층 침대 하나가 가능하
다는 백패커 하우스를 찾았다. 커플 방인지, 여성 방인지 또는
남녀 혼합 방인지 확인할 겨를도 없었다. 폭풍우 치는 이 밤,
소나기만이라도 피하고 싶었다. 자리에 들자 피로에 눌려 쓰러
지듯 누웠다. 아이들과 함께 뛰어놀던 모습들이 주마등처럼 스
쳤다. 억울함이 먹구름처럼 짓눌러 와 잠을 이룰 수 없었다.

다음 날 아침 시끌벅적하고 유쾌한 남자들 목소리에 잠이

깼다. 이불 밖으로 살포시 고개를 내밀었다. 그만 까무러치고 말았다. '헉! 이게 무슨 일이고?' 남녀 혼숙 방이었다. 나를 제외한 7명 모두가 남자였다. 그들은 샤워를 마치고 벌거벗은 채로 여행 이야기를 나누고 있었다. 아마 그들도 새벽녘에 살금살금 들어와 2층 침대의 이 층 구석에서 웅크리고 있는 사람이 여자일 거라 상상하지 못했을 것이다. 세상사 알 수 없는 일이다. 아이의 중요 부위를 보지도 못한 채 아동 성추행범으로 쫓겨나 다른 장소의 2층 침대에 누워 다 큰 어른들의 중요 부위를 제대로 보고야 말았으니.

별과 먹구름 사이를 헤맨 힘든 시간이었지만 나에게는 의미 있는 밤이었다. 사람 사는 곳의 문화 차이를 이토록 아프게 배울 수 있어서.

"Explore the unknown, embrace the unexpected, and let the journey be your greatest teacher."
"알지 못하는 것을 탐험하고, 예상치 못한 일을 받아들이며, 그 여정이 당신의 가장 큰 스승이 되게 하라."

선택은 내 뜻대로 안 되지만
노력은 내 뜻대로 할 수 있잖아!

3. 'How are you?'의 답은?

"가장 작은 친절한 행동이 가장 거창한 의도보다 더 가치가 있다."

    어느 평범한 하루였다. 습관처럼 티브이를 켰다. 우리나라 방송은 드라마 시작 전과 후에만 광고가 나왔는데 뉴질랜드는 달랐다. 드라마가 전개되다가도 10분, 15분 간격으로 광고가 나왔다. 흐름을 깨서 방해받는다는 느낌보다도 신선했다. 아주 짧은 단편을 보는 느낌이었다.

    그날도 한 편의 광고가 나를 신나는 모험의 세계로 끌어당겼다. 우리나라로 말하면 '사랑의 열매' 비슷한 시각장애인 단체인 'Blind foundation' 광고였다. 가정집을 직접 방문하여 특별 모금 주머니에 기부금을 모아오는 자원봉사자를 모집하는 내용이었다. 핸드폰이 없던 시절이었다. 그 광고는 나에게 '널 원해! 얼른 와!' 하고 손짓하는 듯했다.

낯선 세계 엿보는 것을 좋아하는 호기심 많은 나에게는 완벽한 일이었다. 마치 먹잇감을 발견한 하이에나처럼 갑자기 활력이 넘치기 시작했다. 설레는 마음으로 날짜에 맞춰 방송국으로 향했다. 관계자는 북반구에서 온 작은 여자아이가 자원봉사를 하겠다니 놀라면서도 무척 반가워했다. 모금할 때 지켜야 할 점들을 알려 주고 필요한 도구를 건네주었다. 잠시후 관계자는 특정 동네로 안내했다. 그때부터 오롯이 미지의 세계로 떠나는 나만의 여행이었다. 손에 지도를 펼쳐 들고, 맡은 구역을 보물찾기하듯 '탐험'해 나갔다.

비슷하지만 각각의 집이 개성이 넘쳤다. '똑똑' 문을 두드렸다. "실례합니다. 시각장애인을 위한 모금 활동 중입니다." 어설픈 발음으로 말을 건네면 '키위 Kiwi. 뉴질랜드 국조. 뉴질랜드 사람을 부르는 이름'들은 나를 따뜻이 맞아 주었다. 방송으로 조만간 봉사자들이 찾아갈 수 있으니 성의를 표해 달라는 내용도 봤을 것이다. 생긋생긋 웃으며 말을 건넸다.

"How are you?"

교과서처럼 나올 대답을 기다렸다.

"I'm fine, thank you. And you?"

하지만 나는 뒤통수를 맞았다. 그 질문의 답이 수백 수천 가지가 될 수 있다는 것을 비로소 알았다. 대답만큼이나 응대가 다양했다.

어떤 사람은 따뜻한 미소를 곁들여 맛있는 음식을 주었고 어떤 사람은 손을 끌어 집 구경을 시켜 주었다. 어떤 이는 내가 어디서 왔는지 왜 이 일을 하는지 물었고 혼자 사는 어른들은 이야기 상대를 기다린 듯 밀린 이야기를 쏟아 냈다. 음식과 용돈을 주는 이도 있었다. 그리고 모든 이는 하나같이 나에게 고마움을 표했다.

방문 가정이 늘면서 마음은 점점 가벼워졌으나 모금 주머니는 갈수록 묵직해졌다. 키위들은 모금함을 가득 채워 주었다. 어릴 적 엄마가 그랬다. 가게 손님들이 떠날 때는 그들의 홀쭉한 가방을 터지도록 무엇을 넣어서라도 채워 주었다. 인종과 언어만 다를 뿐 세상 곳곳에 좋은 사람들이 있었다. 키위들의 마음과 반응은 나에게 깊은 인상을 남겼다. 세상이 얼마나 다채롭고 경험해 볼 만한지 다시금 깨달았다. 걷고 또 걷고 끊임없이 말하고……. 쉬운 일이 아니었으나 즐겁고 보람찬 일이었다.

임무를 마치고 모금 주머니를 들여다보았다. 마치 그 속은 금은보화가 가득한 요술 주머니처럼 뉴질랜드 동전으로 넘쳐 났다. '여기서 몇 개를 빼 가면 누가 알까?' 돈 없던 시절이라 1초 동안 마음이 흔들렸다. 불손한 생각이 잠시 들었던 나 자신이 부끄러웠다. 꼭 하지 말아야 할 일이 세상에는 존재하는 법이다. 다행히 나는 그 선을 넘지 않았다. 공중전화 부스에서 다이얼을 돌렸다. 방송국 담당자에게 내가 있는 장소를 알려 주었다. 빛의 속도로 달려왔다. 그녀가 본 바구니 중 나의 것이 가장 무겁고 꽉 차 있다며 많이 놀라는 표정이었다. 아마 북반구에서 날아온 여자아이의 마음이 보여 남반구 사람들이 가득 채워 준 사랑이었을 것이다. 그렇게 무턱대고 넓은 세계에 손을 내밀었고 세상은 그 손을 잡아 주어 난 또 새로운 다른 세상을 만났다.

줄탁동시(啐啄同時). 껍데기를 깨고 나오려는 새끼 새가 안에서 안간힘을 쓰면 바라보던 엄마 새가 밖에서 함께 쪼아 준다. 견고한 벽은 안과 밖의 힘에 무너지고 한 생명이 세상에 나오는 것이다. 작은 힘들이 이어지고 모여 거대한 변화가 이뤄진다. 원하면 찾으라. 비상을 꿈꾸는 어린 새야! 세상 곳곳엔 지켜보고 있는 엄마 새가 있다.

"The smallest act of kindness is worth more than the grandest intention."

"가장 작은 친절한 행동이 가장 거창한 의도보다 더 가치가 있다."

- Oscar Wilde

4. 로또는
번호만이 아니다

"두드려라. 그러면 열릴 것이다."

뉴질랜드에서 돌아오자마자 학원 몇 군데에서 일하자는 제의가 들어왔다. 바로 응답하지 않고 잠시 생각해 보았다. '앞으로 뭘 할까? 지금 직장을 잡으면 일하는 중간에 움직이기 힘든데…….' 엄마가 늘 그랬다. '사람은 때가 있는 법'이라고. 당장 밥벌이하는 직장을 얻기보다는 드넓은 세상을 더 보고 싶었다.

좌충우돌 실패도 충분히 아름다울 수 있는 30대 초반이었다. 때마침 밴쿠버에서 공부 중인 혜준이가 비행기 표를 사준다며 캐나다로 건너오라고 했다. 잠시 미안한 마음이 들어 멈칫했지만, 보답은 살면서 천천히 하리라 생각했다. 무엇보다 혜준이와 더 많은 시간을 보내고 싶었다. 엄마에게 전화했다.

"나, 혜준이 만나고 와서 취직할게요."

"또! 또! 또! 싸돌아다닌다."

엄마가 나를 막을 순 없었다. 점쟁이가 "쟤는 평생 비행기 타고 다닐 팔자야." 하지 않았던가.

밴쿠버로 날아갔다. 도착해서 엄마에게 전화를 걸었다.

"나, 혜준이 만났어."

"조심히 놀다 와라."

"근데 엄마, 나 여기 캐나다야."

"뭐?"

엄마는 혜준이가 그녀의 주거지인 '하남'에 있다고 생각했다. 캐나다로 간다고 하면 걱정할 것 같아 목적지는 말하지 않고 무작정 떠난 것이다. 친구를 만나러 온 건 사실이니까. 그녀는 밴쿠버(Vancouver) 시내에 있는 유럽인이 많은 학교에 다니고 있었다. 3주 동안 그녀 집에 머물기로 했다. 일정이 딱히 없던 나는 아침에 그녀를 학교에 보내고, 오후 4시 30분이 되면 아이를 데리러 가는 엄마처럼 학교 앞에서 기다렸다.

저녁이 되면 고삐 풀린 말 두 마리가 도시를 휩쓸고 다녔다. 약속한 시간은 빛의 속도로 흘렀다. 돌아갈 시간이 왔다. 문득 한국으로 가고 싶지 않다는 생각이 들었다. 그녀처럼 정식으로 공부하고 싶었다. 무작정 놀러 온 거라 아무런 준비가 되어 있지 않았다. 무일푼이었다. 대학 졸업 후 손을 벌리지 않기로 엄마에게 약속했기에 도움 요청을 할 수 없었다. 그런데도 방법을 찾아 꼭 공부하고야 말겠다는 의지가 불같이 솟아올랐다.

밴쿠버 시내에 한국인 이민 1세가 운영하는 유명한 학원, 랍슨 칼리지(Robson college)가 있었다. 듣기와 말하기로 특화된 곳이다. 원장 피터(Peter)에게 면담을 청했다.

"안녕하세요. 원장님! 저는 한국에서 온 최문희라고 합니다. 서울에서 아이들에게 영어를 가르치고 있습니다. 친구 만나러 잠시 놀러 왔다가 갑자기 이곳에서 너무 공부가 하고 싶어졌어요. 부모님에게 손 벌릴 처지는 아닙니다. 방법이 없을까 고민하다 원장님을 뵈러 왔어요. 제가 학원 청소라도 하면서 공부할 방법이 없을까요? 아니면 다른 방법은 없을까요?"

"네? 왜 제가 '최문희 씨'를 공부시켜야 하죠? 가난한 분도 아닌 것 같고 저는 그럴 수 없습니다."

예상했던 답이었다. 나 같아도 전혀 모르는 사람이 뜬금 없이 찾아와 그런 부탁을 하면 거절했을 것이다. 곰곰이 생각해 보았다. 언젠가 준비해서 다시 캐나다를 찾을 때는 늦을 것 같았다. 친구랑도 더 있고 싶었다. 결정적 이유는 절실함이 사라지면 기회를 만들 노력조차 하지 않는다는 걸 알았다. 간절해졌다. 한 번 더 용기 냈다. 다음 날 피터를 다시 찾아갔다.

"원장님! 이 시간과 기회가 다시 올 것 같지 않아 용기 내어 다시 왔습니다. 캐나다에 오게 될 줄도 무엇보다 이곳에서 공부가 하고 싶을 줄도 상상하지 못했습니다. 갑자기 찾아뵈어 죄송합니다. 하지만 기회를 주시면 정말 잘 해내겠습니다. 무엇보다 그 은혜를 다음 누군가에게 꼭 갚겠습니다."

원장은 한참을 고민하다 말했다.

"교회 다니나요?"

"아니요."

"그럼, 제가 다니는 교회에 다녀 보세요. 그 모습을 보고 결정하겠습니다.”

'두드려라! 그러면 문은 열릴 것이다.'

교회는 국민학교 시절 성탄절에 먹을 것을 준다고 해서 다닌 게 전부였다. 낯설었다. 하지만 주사위는 던져졌다. 수요 저녁 예배, 일요 오전 예배와 저녁 예배에 꼬박꼬박 참석했다. 찬송 시간에는 한글 가사를 열심히 읽었고 헌금은 1불이라도 보탰다.

예배로 끝나지 않았다. 예배 뒤 바닥 청소며 신도들이 다과를 즐긴 그릇까지 찾아서 설거지했다. 교인들은 나보고 독실하다고 칭찬했다. 그렇게 한 달이라는 시간이 흘렀다. 30일째 되던 날! 피터가 나를 불렀다.

“어젯밤 꿈에 하느님이 나타나 '최문희, 앨리스는 공부시켜라!' 했어요. 열심히 해 보세요.”

“정말 감사합니다. 실망하시지 않도록 열심히 해 보겠습니다.”

두드리니, 찾으니, 문이 열렸다. 나도 '랍슨'에서 공부하게 된 것이다.

천신만고 끝에 얻은 기회였다. 매 순간 최선이라는 말이 무색하게 열심히 달렸다. 그 이후 "은혜를 다음 누군가에게 꼭 갚겠습니다."라고 했던 그와의 약속이자 나의 다짐을 절대 잊지 않았다. 서울로 돌아와 25년 동안 한 번도 기부나 교육 봉사를 놓치지 않았다. 캐나다로 유학생을 보낼 일이 있으면 꼭 '립슨'으로 보냈다. 선의는 선의로 보답해야 하고 젊은 시절 찾아온 고운 마음을 언제나 기억해야 한다.

피터는 내게 찾아온 또 하나의 로또였다.

5. 안 되는 일도
되게 하는 방법은 있다

*'오늘! 지금! 이 경험이 내 삶을 우뚝 서게 하는 밑거름이 될 거야.
꼭 마침표를 찍겠어.'*

피터(Peter)의 호의로 랍슨(Robson College)에서 수업료 없이 다
니게 되었지만, 모든 게 해결되지는 않았다. 먹고살 일도 지
낼 곳도 막막했다. 혜준이는 시누이, 조카와 살고 있어 3주
이상 신세 질 수가 없었다. 스스로 숙식을 해결할 길을 찾아
야 했다.

그때 만난 인연이 있다. 친구가 밴쿠버에 처음 왔을 때 지
냈던 하숙집 주인 테시(Tessy)였다. 그녀는 밴쿠버(Vancouver)의
버너비(Burnaby) 지역에서 유학생을 위한 하숙(홈스테이, homestay)
을 했다. 필리핀 이민자인 그녀는 엄마의 장례를 치르기 위
해 급히 고향 필리핀에 잠시 다녀와야 했다.

유학생들을 챙겨 줄 집사를 구했는데, 쉽지 않아 보였다. 주방 일의 '주' 자도 모르던 내가 무턱대고 하겠다고 나섰다. 도대체 그 용기가 어디서 나왔는지 모르겠다. 필리핀으로 가기 급했던 그녀는 나의 요리 실력을 확인도 하지 않은 채 떠났다.

집은 화장실이 여섯 개나 딸린 단독주택이었다. 유학생들은 주로 한국인, 일본인, 중국인이었다. 할 일은 집 청소, 아침밥과 점심 샌드위치와 저녁밥 준비였다. 새벽 5시에 일어나 간단히 청소했고 아침밥 준비는 6시부터 시작했다. 아침밥은 우유와 토스트가 전부라 요리 실력이 필요하지 않았다. 점심 샌드위치는 상추, 토마토, 치즈, 달걀 정도면 되었다. 하지만 저녁밥 준비가 큰 숙제였다. 유학생들은 대부분 저녁을 집에서 먹었기 때문이다.

한국에 있는 엄마에게 전화를 걸었다. 볶음밥, 카레, 국 같은 요리법을 물었다. 엄마는 살갑게 알려 주기보다 "얼른 돌아오기나 해."라며 다그치기만 했다. 어떻게든 마음을 달래 '엄마 요리법'을 알아내긴 했으나, 캐나다에서 그 요리에 맞는 재료를 구하기란 쉽지 않았다. 매일 매일 시험대에 올랐다. 고기와 생선을 만지지 못하기 때문에 주로 채소로 볶음밥을 했다. 학생들이 집에서 저녁 먹는 횟수가 눈에 띄게 점점 줄었다.

'궁하면 통한다.'라는 말이 있다. 또다시 구세주가 나타났다. 여중 동창 은희였다. 그녀는 결혼 후 캐나다로 이민 갔다. 그 후 연락이 끊겼다. 갑자기 그녀가 떠올랐고 한번 들으면 잊지 못할 특이한 남편의 이름을 기억해 냈다. 밴쿠버 전화번호부에 혹시나 하며 찾아봤는데 남편의 한국 이름이 영문으로 있었다. 전화를 걸어 보았다. 그녀는 "Hello?"라고 했고 나는 "혹시 은희니?"라고 물었다. 그렇게 우리는 다시 만났다.

그녀는 테시 집에서 멀지 않은 곳에 살고 있었고 남편은 한국 가게 Korean market를 운영하면서 두 아이를 키우고 있었다. 내 사정을 알게 된 은희가 저녁마다 나 대신 밥 해 주러 테시 집에 왔다. 그녀는 캐나다 음식, 한국 음식 모두 잘했다. 매일 저녁 한 살짜리 아이를 업고, 세 살짜리 아이를 데리고 와서 맛있고 다채로운 밥을 해 주었다. 밖으로 나돌던 유학생들이 저녁밥을 먹기 위해 하나둘 집으로 돌아왔다. 옛 친구 덕분에 또 한고비를 넘겼다.

3주가 지나 테시가 돌아왔다. 주방을 책임질 주인이 돌아왔으니 나는 다음 거처를 고민해야 했다. 그때 그녀가 놀라운 제안을 했다. 내 도움에 엄마 장례를 잘 치를 수 있었다며 욕실이 딸린 최고급 방을 쓰라고 하는 것 아닌가! 물론 새로운 하숙생이 들어오면 빈방으로 옮겨야 했지만, 나에게는 하늘에서 떨어진 천사의 선물 같았다. 가끔 거실에서 자기도 했다. 하지만 머나먼 이국땅에서 몸 누일 자리 하나는 생긴 게 얼마나 큰 축복이고 행운인가.

거처가 생긴 고마움에 틈나는 대로 집안일을 도왔다. 그녀는 용돈도 주었다. 주급도 일급도 아니었지만, 교통비 정도로 충분했다. 그녀는 린다(Lynda)처럼 매주 금요일 저녁이면 카지노에 갔다. 어느덧 혜준이와 테시, 그리고 나는 카지노 삼총사가 되었다. 때로는 은희 남편이 아이를 봐주는 날이면 은희도 함께하여 사총사가 되기도 했다. '친구'만으로도 세상 부러울 게 없던 시절이었다.

어느 날, 집으로 가는 버스에서 멍하니 창밖을 내다보고 있었다. 아무 일 없다는 듯 해맑기만 한 하늘 나도 모르게 눈물이 볼을 타고 흘러내렸다. 남의 집에 얹혀 청소하고 밥하고 뒤치다꺼리나 하는 처지가 힘들어서였을까? 아니면 처량해서였을까? '한국에 가면 지금보다 편히 살 수 있을 텐데, 왜 난 사서 고생을 할까?' 하는 의문이 생겼다. 하지만 답은 검은 바탕에 흰 글자처럼 명확했다.

'오늘! 지금! 이 경험이 내 삶을 우뚝 서게 하는 밑거름이 될 거야. 꼭 마침표를 찍겠어.'

버스에 내려 다시 힘차게 노래하며 밥하고 청소하러 집에 갔다.

막다른 골목에 맞닥뜨릴 때마다 내겐 행운의 길이 놓였다. 고맙다, 은희야!

"The smallest act of kindness is worth more than the grandest intention."
"가장 작은 친절한 행동이 가장 거창한 의도보다 더 가치가 있다."

6. 넘어지는데 즐거운 이유는?

"스포츠로 하나가 되다."

1) 볼링

엄마는 시장에서 '보드론 이불' 가게를 했다. 아침에 가게 문 열고 저녁에 문 닫는 일을 내가 했다. 시장 3층에는 전 층을 사용하는 중앙볼링장이 있었다. 아침 임무를 마치고 그곳에서 혼자 많이 놀았다. 사람들은 보통 3게임을 치지만, 나는 한 번에 족히 10게임을 치곤 했다. 팔이 빠질 정도로 미련하게 운동했다.

볼링은 최대 열두 번 투구 모두 스트라이크를 치면 '퍼펙트'다. 내게는 그 점수에 근접한 기록이 있다. 당시 볼링장에서는 300점 만점을 기록하면 상금 30만 원을 주는 규정이 있었다. 이유 없이 콧노래가 절로 나오는 어느 날, 볼링장에 들어서 유니폼으로 갈아입고 볼링화 끈을 불끈 묶으며 게임을 준비했다.

첫 구를 던지기 전, 뻑뻑한 레인에 윤활유인 파우더를 살짝 뿌리고 슬라이딩했다. 마지막 착지가 마음에 들 정도로 몸이 내 생각대로 움직였다. 팔이 오른쪽 귀 뒤로 넘어가며 오른쪽 다리가 왼쪽 다리와 살짝 크로스 되는 마지막 자세가 안정적이었다. 자세의 흐트러짐이 없이 내가 원하는 대로 볼이 굴러갔다. 오른손에 볼을 들고 레인에 섰을 때, 느낌이 좋았다. 예상은 빗나가지 않았다.

스트라이크, 더블(두 번 스트라이크), 터키(세 번 스트라이크)가 이어졌다. 일곱 번째까지 퍼펙트가 되니 볼링장의 모든 사람이 자기 게임을 멈추고 내 주변으로 몰려들었다. 여덟 번째 볼이 내 손가락에서 빠져나가는 순간 사람들의 환호는 볼링장을 집어삼킬 듯했다. 아홉 번째도 스트라이크, 열 번째도 스트라이크! 너무 긴장하고 부담스러운 마음에 심장이 터져 산산이 조각날 것 같았다. 열한 번째 공이 내 손가락을 떠나 나만이 아는 느낌대로 부드럽게 굴러갔다. 그대로 레인 중간인

2번과 3번 화살표에 살며시 꽂혔다. 또 스트라이크!

"와~ 최문희! 최문희! 퍼펙트! 퍼펙트!" 사람들은 열광했다. 함성은 볼링장을 넘어 우주를 집어삼킬 것 같았다. 사람들은 자신의 기록인 듯 들썩였다. 스포츠로 하나가 된다는 말을 실감했다. 마지막 열두 번째 투구만 남았다. 그것만 성공하면 기네스북처럼 중앙볼링장에도 여성 최초 퍼펙트 기록이 생기는 것이다. 온몸이 떨렸고 심지어 볼링장의 레인도 볼링핀도 건물도 흔들리는 것처럼 느껴졌다. '지켜보는 사람들이 없다면 기록을 세울 수 있을 텐데! 집중!'

마지막 열두 번째 볼이 내 손에서 떠났다. 손가락 끝 마디에서 볼이 떠나는 순간, 아주 초 미세하게 열한 번째 투구와는 느낌이 달랐다. '아차차!' 하는 느낌이 들었다. 주로 2번과 3번 화살표 사이를 정확히 지났는데, 이번에는 3번을 정확히 지나갔다. 보통은 1번, 3번 핀으로 스트라이크가 일어났지만, 이번에는 1번, 2번 핀과 볼 파워로 스트라이크가 일어나길 기대했다.

잠시 정적에 휩싸였다. 긴장이 풀려 주저앉았다. 7개의 핀이 쓰러졌다. 화면에 297이라는 숫자가 보였다. 그 볼링장에서 여자 최고의 점수였다. 볼링장은 290~299점까지 금 두 돈을 주는 규칙이 있었다. 금값은 당시 한 돈에 4만 원이었다. 뒤풀이는 배보다 배꼽이 더 컸다. 하지만 내 배꼽은 '기록'으로 춤을 추고 있었다. 어느덧 나는 눈에 띄는 선수가 되었다. 여러 단체에서 입단 제의가 들어왔다. 제천시 볼링 대표 선발전에도 출전했다. 운 좋게 시 대표가 되었고 충청북도 도민체전에도 출전하게 되었다. '이런들 어떠하리, 저런들 어떠하리.' 난 잊지 못할 절정의 순간을 맛보지 않았는가. 좋으면 질리도록 하는 성격의 결실이었다.

2) 달리기와 자전거

무언가 즐기는 진행형의 나 자신을 좋아한다. 딱 들어맞는 게 바로 달리기였다. 달리고 일정 시간이 지나면 몸이 가벼워지고, '행복 호르몬'인 도파민(dopamine)이 나온다. 그 지점이 달리기 중독의 시작이라고 한다.

눈만 뜨면 두 다리로 달렸고 자전거로도 달렸다. 10km 달리기 대회 완주 메달도 많이 받았다. 기록에 목표를 두지 않고, 참여해서 뛰는 걸 즐겼다. 30대가 다 가도록 열심히 달렸다. 기록이랄 것도 없지만 완주 뒤 받은 결과지에 적힌 숫자는 점점 빨라졌다. 40대 초에 목표를 바꾸었다. 몇 박 며칠 하는 사하라 사막 마라톤이 목표인 젊은 동료도 있었다. 부럽기만 했다. 그런 목표를 가질 수 있는 용기와 젊음을 존경했다. 난 '달리기+수영+달리기'로 치러지는 철인 2종 경기(듀애슬론, duathlon)로 정했다. '수영+자전거+마라톤'으로 이뤄지는 철인 3종 경기(트라이애슬론, triathlon)보다 종목이 적다고 절대 쉬운 경기가 아니었다. 거리가 짧은 대회도 있고 거리를 배가하는 울트라 철인3종(울트라 트라이애슬론, ultra-triathlon)도 있지만. 내게는 달리기 10km, 자전거 40km 대회면 충분했다.

독립기념관에서 열린 철인 2종 대회는 전(前) 달리기 5km, 자전거 40km, 후(後) 달리기 5km였다. 생각보다 어렵지 않았다. 젊음 덕분인지, 결승선에서 기다리는 누군가에게 보여주려는 욕망 때문인지 수월하게 해냈다. 자신감이 하늘을 찔렀다. 남산과 청계천을 달리는 철인 2종 대회 때의 일이다. 출발선에서 달려와 남산에 닿기도 전에 헐떡였다. 너무 가파른 남산을 자전거로 오르자니 다리와 몸이 내 것이 아니었다. 숨을 내놓고 발판을 밟았다. 그러다 평지인 청계천을 달릴 때는 정말 '여기는 어느 낙원인가?' 하는 말이 절로 나왔다. 목적지에 거의 다다를 즈음 열심히 달렸던 내 앞에 사람이 안 보였다. 뒤따라오는 구급차가 바짝 따라붙더니 나에게 물었다.

"타시겠어요?"

"아니요. 전 달릴 거예요. 끝까지."

일정 시간이 지나면 구급차가 지나가며 뒤처진 사람들에게 물어보곤 한다. 위급 상황을 미리 막으려는 것이다. 다리가 천근만근이라 발바닥에 강력한 접착제가 붙어 있는 것 같았다. 하지만 끝은 봐야 했다. 저만치 결승선을 정리하는 운영 요원이 어른거렸다. 영화의 한 장면처럼 소리 질렀다.

"저기요~ 저 들어가요~"

결승선에 발을 디밀고 고목처럼 쓰러졌다. 아, 이 통쾌함……

잠실 손기정 마라톤대회 때 일이다. 수백 명의 참가자 모두가 주최 측에서 나눠준 주황색 바람막이를 입었다. 남편은 항상 결승선에서 나를 기다렸다. 내가 들어오면 프로 선수들의 코치처럼 달려와 수건으로 덮어 주고 물을 주고 마사지를 해 주었다. 그날도 나는 달렸다. 여전히 내 뒤에는 사람들이 거의 보이지 않았다.

결승선에 도달했더니 이번에는 남편이 잔뜩 부어 있었다. "난 다음부턴 안 온다! 주황색 옷 입은 사람이 들어올 때마다 나갔다가 눈이 다 빠졌다." 꼴찌로 들어오는 줄 알았으면 기력을 안 빼고 느긋하게 있었을 텐데, 사람이 들어올 때마다 설마 하며 '월리를 찾아라'처럼 숨은 그림 속에서 나를 찾았나 보다. 흐흐흐……. 미안하고 고마울 따름이다.

3) 모터사이클

지덕체智德體를 골고루 갖춘 이상형과 살고 있다. 앎과 덕은 그의 삶 자체다. 몸은 더 좋았다. 건강했다. 잔병치레 한 번 한 적이 없고, 자기 관리의 끝판왕이었다. 그런 그가 어느 날 갑자기 위암 판정을 받았다. 하늘이 무너졌다. 믿을 수 없었다. 병은 누구에게나 올 수 있다는 평범한 진리를 받아들이기 힘들었다.

'우리가 무얼 잘못했기에 이렇게 가혹한 벌을 받나? 그에게, 나 모르는 가면을 쓴 삶이 있나?' 별별 생각이 다 들었다.

다 소용없는 자책감, 죄책감이었다. 대기가 없는 동네병원에서 서둘러 수술 날짜를 잡았다. 암세포 전이가 염려된다며, 위험 부위를 모두 제거하기로 했다. 4시간이면 된다던 수술실 불이 7시간이 지나도 꺼지질 않았다. 피가 말랐다. 마침내 수술실 불이 꺼지고 의사가 피가 흥건한 주먹만 한 무언가를 들고 나왔다.

"절개된 부분입니다. 암세포가 큰 건 아니었지만 전이 염려가 있어 70% 이상 잘라 냈습니다. 그리고 옆부분의 쓸개도 잘라 냈습니다. 이제 쓸개 없으신 부군입니다. 잘 챙겨 주세요."

"고맙습니다. 살려 주셔서 진심으로 감사드립니다."

의사의 농담을 들으면서 안도의 숨을 내쉬었다. 남편이 아직 해야 할 일이 많이 남았나 보다. 무엇이든 그가 바라는 건 다 들어줘야겠다고 다짐했다. 수술 뒤 회복은 오롯이 그 혼자 감당했다. 수술 후 얼마 동안, 남편은 8차선 도로의 건널목을 한 번에 건너지 못했다. 몇 발자국 걷고 나면 숨이 차거나 어지러워 중간에서 멈춰야 했다. 도로 중간에 갇힌 우리 사이를 두고 양옆에서는 차들이 쌩쌩 달렸다. 마치 영화의 한 장면 같았다. 다시 초록 불이 켜지면 그때 또 한 걸음씩

내디뎠다. 아이가 걸음마를 배우듯 걸음 수가 늘어나는 것이 고마웠다.

회복할 즈음 그가 말했다.

"나, 모터사이클 타고 싶어."

"뭔 뚱딴지같은 소리야?"

"보너스로 얻은 목숨! 심장 떨리는 거 하고 싶어! 모터사이클 타는 영상을 보니 내가 설레네."

"그래? 그럼 해야지! 대신 약속해! 야간 운전 안 하고 교육 잘 받고 나한테 같이 타자고 안 하기."

상상조차 할 수 없던 주제였지만 죽음에서 살아온 사람 아닌가! 더 오래 함께 행복하게 살아갈 수 있다면 무엇이든 다 하라고 해야 했다. 남편은 내가 쉽게 허락하니 놀라는 눈치였다. 하지만 난 곁에 있으면서 하고 싶은 게 있다고 말해 주는 그가 고마웠다.

예전에는 남자가 모터사이클을 타면 부인을 과부 만든다고 했다. 그런 경우를 주변에서도 종종 볼 수 있다. 쉼이 아닌 과시용으로 바이크를 타거나 위험을 '남의 일이구나.'라고 생각하면 일어나는 일들이었다. 하지만 그는 달랐다. 값은 얼마를 치르더라도 교육은 다 받았다.

한여름에도 보호대를 장착한 전용 옷은 꼭 입었고, 모터사이클 부츠 등 보호 장구 그 어떤 것도 소홀히 하지 않았다. 그는 모터사이클 타는 철학자가 되었다. 건강을 되찾고 순간을 즐기는 모습을 보는 것만으로도 행복했다.

2023년 여름, 그의 모터사이클 뒤에 앉아 독일, 오스트리아, 스위스에 펼쳐 있는 알프스를 함께 달렸다. 알프스 정상에서, 아름다운 스위스 산길을 직접 운전했던 동행자들은 각자의 사연으로 눈물을 흘렸다. 나도 감동은 있었으나 그들만큼의 감흥은 아니었다. 운전대를 잡은 그 느낌이 몹시 궁금했다. '언젠가 나도 라이더가 되겠어. 경험하지 못한 그 느낌을 느껴 보고야 말겠어.' 하고 결심했다.

그 이후 나는 라이더가 되었다. 바람을 타고 자연을 더 사랑하게 하는 모터사이클! 날마다 주행의 즐거움을 주는 모터사이클! 이제는 내 삶에서 떼려야 뗄 수 없는 모터사이클! 그렇게 우리는 커플 라이더가 되었다.

"근묵자흑(近墨者黑)", 먹을 가까이하는 사람은 검어진다고 했으니 뭐, 어쩌겠는가! 좋은 건 닮아 가고 함께하는 기쁨은 배가 된다.

뉴질랜드 스노보드

천안 듀애슬론대회

나는 오늘도 행운을 만든다

체코, 카플리체에서 알프스로 가는 길

타이완 9번 국도 타이통

뉴질랜드 북섬 템즈 해변

7. 차별을
실력으로 바꾸다

🏍️

"사람을 차별해선 안 된다."

랍슨 칼리지에서 공부를 마치고 강남 영어유치원에서 근무했다. 그곳은 현재의 나를 있게 한 디딤돌이다. '강남'이라는 이름에 걸맞게 건물은 웅장했고 인테리어는 유행을 앞서갔다. 4층 단독 건물은 마치 작은 성 같았다. 외부인 출입이 통제되어 안전했고, 넓은 체육관(Gym)은 아이들에게는 천국이었다. 각 교실에는 폐쇄회로텔레비전(CCTV)과 유리 칠판, 당시에는 드물었던 수입 교구와 원서 교재가 넘쳐났다.

원어민 교사, 교포, 유학파 한국인 등 다양한 배경을 가진 선생님이 모인 어학원이었다. 학원은 동화 속 별천지였다. 화려한 외관과 최신 시설은 누구나 꿈꾸는 이상형처럼 보였다. 하지만 선생님과 학생에게 강남은 존재 자체가 피 터지는 살벌한 정글이었다. 7세 중상위반은 유치부임에도 '주니어 토익(Junior TOEIC)' 책으로 공부했다.

영어유치원 1년 차 학생은 '파닉스(phonics)'를 거쳐 곧바로 미국 교과서 저학년용으로 학습했다. 아이들의 수준에 맞춘 것이 아니라, 엄마의 선호도에 맞춘 결과였다. 부모들은 정확한 수준보다는 보여 주기식 딱딱한 표지의 교재를 좋아했다.

언제나 제일 먼저 출근해 원장보다 일찍 유치원 문을 열었다. 학원 일이 즐거워도 너무 즐거웠다. 밤에는 수업 준비하느라 교무실 불이 꺼지질 않았다. 출퇴근도 없이 학원에서 지내는 나를 원장 부부는 처음엔 이쁘게 봐 주었다. 시간이 지나면서 일 효율성을 높여 제시간에 출퇴근하라고 핀잔을 주기도 했다.

하루에 7~8시간씩 학원에 머무는 아이들을 어떻게 하면 행복하게 해 줄 수 있을까 끊임없이 궁리했다. 영어를 말할 줄 안다고 학생을 잘 가르칠 수 있는 건 아니다. 그렇다면 교육학과가 왜 필요하겠는가. 어떻게 가르치고 배우게 하는지

가 아이들에게도, 나에게도 중요했다. 하나라도 더 배우고
픈 마음에 다른 강사들에게 수업 참관 여부를 물었지만 대
부분 거절당했다. 그들은 수업 공개에 부담을 느꼈고, 경험
치 나누는 것을 꺼렸다. '노하우'는 성곽처럼 단단했다. 심지
어 어떤 선생님은 그 대가로 무엇을 줄 수 있냐고 노골적으
로 물어 왔다. 가진 것이 있었다면 교환해서라도 배웠을 텐
데……. 그때 다짐했다. '가진 것을 나누는 것이야말로 진정한
배움의 완성이다.'

　전 교실, 복도, 로비 등 학원 곳곳에는 CCTV가 설치되어
있었다. 아이들 안전이 명분이었으나 실제는 선생님 감시였
다. 당시 외국인 선생님 말썽이 많아 원장은 늘 신경이 곤두
서 있었다. 나는 다른 이유로 감시당했다. 수업 도중 천장에
서 말소리가 들렸다.

　"앨리스 선생님! 원장실로 오세요!"

　"왜 카일이 책상 밑에 있죠? 왜 아이들은 선생님을 안 보죠?"

　"〈What is missing? Who is missing?〉 게임입니다. 게임
과 수업 사이 연결이 원활하지 않았던 것 같아요."

"그런 게임은 안 됩니다. 아이들이 산만해져요. 시디(CD) 들고, 워크북(Workbook) 푸세요."

시도 때도 없이 참견했다. 7세 아래 아이들은 책상에 오래 앉아 있을 수가 없다. 집중시키기 위해 몸을 많이 사용하는 게임을 하는데 그것이 수업을 산만하게 한다는 것이다. 일을 시작한 지 두 달쯤 지난 어느 날 원장은 나를 다시 불렀다.

"앨리스 선생님! 선생님하고 우리 학원하고 맞지 않는 것 같아요. 이달까지만 일해 주세요!"

"원장님! 안 돼요! 전 이곳을 너무 사랑해요. 그만둘 수 없어요. 어떤 부분이 마음에 안 드셨는지 구체적으로 얘기해 주세요. 그리고 한 달 안에 개선되지 않으면 그때 그만둘게요."

"많은 게 마음에 들지 않지만 그중 몇 가지 말해 줄 테니 꼭 고치도록 하세요. 첫째, 학생에게 오늘 날짜와 요일을 물으세요. 둘째, 어제 날짜와 요일 그리고 내일 날짜와 요일을 물으세요. 셋째, 모두 의자에 앉히고 책상 아래 또는 바닥에는 앉지 않도록 하세요. 넷째, 숙제를 많이 내 주세요. 다섯째, 강의계획서대로 못 끝내면 점심시간에라도 수업을 진행하세요. 여섯째, 춤과 노래, 줄이세요."

"다 숙지하고 오늘부터 고쳐 보겠습니다. 기회 주셔서 고맙습니다."

칠판 한 귀퉁이에 원장의 그 '여섯 가지'를 적어 두고 매시간 그것에 맞추어 바꿔 나갔다. 집중시키면서 학습 효과도 극대화할 수 있는 교수법을 궁리하고 찾아 바꿔 나갔다. 그녀는 한 달이란 기간을 주었고 나는 학원의 방향에 맞춰 두 마리 토끼를 잡으려 노력했다.

'놀이 기반 학습(Game Based Learning)'을 적극적으로 활용하기 시작했다. 다양한 놀이로 유치부 아이들을 집중시키고 그 속에 슬쩍 수업 목표를 넣는 것이다. 내가 늘 강조하던 '쥐도 새도 모르게 스며들어 공부'하는 방식이다. 아이들도 공부와 놀이의 경계를 잊고, 신나게 배우게 되었다. 무엇보다 산만해 보일 수 있는 게임과 수업 사이를 잘 연결하는 노하우를 터득했다.

인생은 새옹지마이다. 퇴사 권고를 기회로 삼아, 새로운 걸 배우다니. 알 수 없는 인생이다. 점차 실력을 인정받았다. 나를 찾는 '마니아(mania)'층이 늘어났다. 그럴수록 어린 학습자를 잘 가르치는 방법을 제대로 연구하고 싶은 마음이 한구석에서 점점 커졌다. 두 번째 캐나다행을 결심했다. 그곳에서 TESOL(Teaching English to Speakers of Other Languages- 영어를 모국어로 사용하지 않는 사람들에게 영어를 가르치는 방법에 대한 교육)을 배우기로 했다. 원장은 간곡하게 나를 붙들었다.

"선생님만큼 이 원을 사랑하고 아끼는 분은 없어요. 남아서 부원장을 맡아 주세요."

그 말을 뒤로하고 나는 떠났다.

테솔(TESOL) 공부하겠다고 마음먹은 계기가 있다. 원장은 강남 출신과 유학파만 뽑았다. 영어학원이기에 유학파를 선호하는 건 이해하나 강남 출신만 찾는 건 도무지 이해하기 어려웠다. 부모 직업도 따졌다. 난 지방 출신에다 장사하는 홀어머니 아래서 자랐다. 원장이 30년 동안 학원을 해 오면서 나 같은 '스펙'은 처음이라고 몇 번이나 말하며 계약서를 썼다. '비밀 유지' 계약서도 썼다. 당시 최저시급 개념이 없었는데 급여가 최저생계비도 되지 않았다. 그게 강남 영어유치원의 현실인 줄 알았다.

1년이 지날 때쯤 선생님들끼리 나누는 연봉 얘기를 우연히 듣고 놀라고 말았다. 화목 시간제 선생님의 급여가 일주일 전임인 내 것보다 높았다. 원장은 출신과 가정환경에 따라 사람에게 차등을 둔 것이었다. 차별받았음을 확인한 순간 나 자신의 역량을 키워야겠다고 다짐했고 실력을 닦는 기회로 이끌었다.

운이 좋았다. '사람을 차별해서 안 된다.'라는 교훈을 배워서.

나는 오늘도 행운을 만든다

Chapter 3

좋은 어른이
되고 싶어요

1. 점쟁이가 말한 팔자

🏍️

"얼마나 운이 좋은가! 하늘에서 돈이 쏟아진다니!"

엄마는 늘 나를 걱정했다. 일을 시키면 덤벙대는 성격 때문에 같은 일을 두세 번 해야 하거나 누군가 다시 해야 했다. 특히 실속 없이 남에게 퍼 주기 일쑤여서 걱정이 이만저만이 아니었다.

이런 일이 있었다. 엄마는 제천 중앙시장에서 이불 집을 했다. 장사가 잘되는 편이라 1, 2주에 한두 번 동대문과 남대문에 물건을 떼러 갔다. 저녁 8시, 상인들이 이용하는 서울행 전세버스에 올랐다. 광장시장, 평화시장, 신평화시장을 돌며 그 주에 새로 나온 '신상' 물건을 고르고 남대문을 거쳐 제천에 돌아오면 다음 날 아침 10시를 훌쩍 넘었다.

가게 '명화상회 보드론 이불'은 아침 8시 30분에 문을 열어야 했다. 엄마가 서울로 '물건 사러 가는 날'은 누군가 가게를 열어야 했는데 어김없이 그 몫은 내 것이었다. 엄마는 그때마다 당부했다.

"아무것도 팔지 마라. 도둑만 지키고 그냥 불만 켜 놓고 주인이 있다는 것만 알려라."

엄마 물건에는 암호가 있다. 우리 4남매 이름이 주 암호다. 은미, 효선, 문희, 현식, 배묘 순서로 은=1, 미=2, 효=3, 선=4, 문=5, 희=6, 현=7, 식=8, 배=9 묘=0이다. 물건 어딘가에 하얀 반창고가 이름이 붙어 있다.

'효문'이라고 적혀 있으면 원가가 3,500원이라는 뜻이다. 소비자에게 5,500원 정도 불러 4,500원에서 5,000원에 팔면 된다. 그렇게 자식 넷을 키웠다. 그날도 엄마는 서울에 물건하러 갔고 나는 불을 켜고 가게를 지키고 있었다.

갑자기 가게 유리창 너머로 '애고야! 흑! 앙!' 꼬부랑 할머니가 비쳤다. 엄마 가게인 '명화상회'를 향해 걸어오는 게 아닌가! 가게 앞에 놓인 물건을 보고는 "베갯잇 이거 얼마유?"

하는데, 내 마음은 벌써 '공짜요.' 해 버렸다. 한숨도 못 자고 서울 동대문, 남대문을 돌고 돌아 보따리를 메고 다닐 엄마를 생각하면 본전은 받아야지 생각했다.

"할머니! 3,500원이에요."

"왜 이렇게 싸? 다른 집들은 5,000원, 6,000원 하던데."

그러면서 "두 개 줘요." 했다. 두 개를 드리면서 난 물어서는 안 될 걸 묻고 말았다.

"할머니! 어디까지 가세요?"

"나, 집? 신림이야."

신림은 원주 가는 길목에 있다. 제천에서 차로 30분 거리다. 왜 그랬는지 모르겠다.

"할머니! 제가 댁까지 모셔다드릴게요."

헉! 늦었다. 벌써 말이 나오고 말았다. 엄마가 늘 먼저 생각하고 말하라고 했는데, 종종 말이 생각보다 빠를 때가 있다.

"정말? 그럼 나야 좋지! 아가씨 복 받을 거야."

차가 티코였는데 '옛다. 모르겠다.' 하고 신림까지 왕복 1시간 거리를 아무런 대가도 없이 신나게 봉사했다.

가게에 도착하니 엄마는 잔뜩 화가 나 있었다.

"도대체 가게를 비우고 어딜 다니냐!"

이실직고할 수는 없었다. 주머니에 있던 3,000원을 더해 아침 마수걸이 10,000원 했다고 자랑했다. 엄마는 '네가? 정말?' 하는 눈초리였지만, 돈을 보고 믿을 수밖에 없었다.

가게는 언제나 붐볐다. 엄마는 언젠가 이런 말을 했다.

"손님들이 온종일 들어앉아 있어. 집주인 몰아내고 자기들끼리 자리 차지하고, 먹고 싶은 거 다 먹으면서 집 갈 생각을 안 해! 붙박이들 때문에 손님을 받을 수가 없네."

에어컨 때문인지 회전 선풍기 때문인지, 아니면 고스톱 때문인지 모르겠지만 가게는 사랑방처럼 늘 사람들로 북적북적했다. 엄마는 사람을 좋아했고 사람들도 그녀의 언변과 '정'을 좋아했다. 엄마는 지나가는 사람 아무나 부른다.

"아줌마! 박카스 하나 먹고 가! 요구르트 하나 먹고 가! 그냥 쉬었다 가!"

특히 제천 사람들보다는 근교에서 온 시골 사람들을 보면 다리 아프다며 앉아서 이런저런 얘기를 하며 쉬어 가게 했다. 사람들은 엄마의 마음에 손을 얹어 친구가 되기도, 단골이 되기도 했다. 늘 퍼 주는 멋진 엄마를 닮고 싶었다.

어느 설날, 무료함을 달래려고 엄마랑 함께 점집에 갔다. 대뜸 엄마가 점쟁이를 보자마자 물었다.

"얘는 돈 걱정 없이 사나요?"

"얘는 평생 돈이 넘치네. 하늘에서 평생 떨어져."

그 말이 떨어지기 무섭게 엄마는 환하게 웃었다. 그렇게 흡족해하는 웃음을 본 적이 없었다. 입꼬리가 귀에 걸린다는 표현이 딱 맞았다. 딸이 돈 고생 안 하고 산다는 게 그리 좋았던 모양이다. 좋기는 나도 마찬가지였다. 그것도 잠시 뒤에 이어지는 말이 엄마의 입꼬리를 제자리에 돌려놓았다.

"근데, 얘는 이상하게 돈이 없네. 하늘에서 돈은 떨어지는데 손가락을 다 벌리고 있어. 줄줄 새네. 얘는 돈 없어."

아직도 점쟁이가 손가락을 벌리며 설명하던 모습이 눈에 선하다. 엄마는 끝에 "돈이 없다."라는 말에 방점을 두었고 나는 "평생 돈이 넘치네."에 점을 콕 찍었다. 평생 남에게 퍼 준다는 말에 쾌재를 불렀다.

돈이 없어 남에게도 못 해 주고 나조차 없는 것보다 나눠 주면서, 내가 더 열심히 사는 편이 낫다고 생각했다. 그렇게 퍼 주는 인생이 시작되었다. 어릴 적, 돈이 없어도 텔레비전에 KBS의 〈동행〉이라는 프로그램이 나오면 용돈을 쪼개서라도 후원하곤 했다. 그냥 그래야만 할 것 같았다.

세 번째 캐나다에 있을 때 난곡 한 부모 가정 아이에게는 눈높이 선생님을 보내 영어 공부를 시켰다. 박카스와 요구르트 하나라도 나눠 먹던 엄마의 유전자가 나에게 어찌 안 오겠는가!

얼마나 운이 좋은가! 하늘에서 돈이 쏟아진다니.

늘 생각한다. '잘 벌어서 잘 쓰자!'

복된 사람, 복된 삶

얼마나 운이 좋은가! 하늘에서 돈이 쏟아진다니.
늘 생각한다. '잘 벌어서 잘 쓰자!'

2. 내가 받고 싶은 걸 남에게 베풀다

1) 야학 시작

드라마에서 꿈과 신념을 펼치는 야학교사를 본 적이 있다. 멋져 보였다. 대학생이 되자마자 야학에 지원했다. 열아홉 살 선생님이었다. 담임을 맡은 반에는 중고등부 검정고시를 준비하던 10대, 20대, 30대 학생들이 있었다. 그들은 낮에는 공장에서 일하고, 저녁에는 3~4시간씩 공부했다. 우스운 얘기지만 나 때문에 공부를 열심히 한다는 남학생들이 꽤 있었다.

수업 끝나고 근처 가게에서 음료를 마시며, 나도 그들에게서 교과서에서 가르치지 않는 많은 것을 배웠다. 갓 대학생이 된 10대 후반의 선생님과 사회생활을 한창 하는 20대의 제자들이었다. 고된 나날을 견디며 낮에 일하고 밤에 공부하는 그들을 보면 이유 없이 미안했다. 뭐라도 내가 가진 것을 나눠야겠다고 다짐했다.

2) 난곡 봉사

강남에서 일할 때였다. 내가 가진 재능보다 나를 넘치게 인정해 주는 분들이 많아 승승장구했다. 그 사랑을 나누고 싶었다. 어느 단체에서 '난곡' 사는 학생을 소개해 주었다. 그 집을 방문한 첫인상을 잊을 수가 없다. 2000년대에 이런 집이라니! 여러 집이 함께 쓰는 공동화장실이라니! 믿기지 않았다. 반지하에 세 들어 사는 홀어머니와 외아들, 미혼모, 독거 노인, 차상위계층……. 가출을 감행했던 국민학교 1학년 때 세 가구가 세 들어 살던 제천 교동 집이 30년이 지나 공간 이동만 한 채로 있었다. 어릴 적 나의 모습이 떠올라 난곡 학생을 잘 가르치고 싶었다.

3) 강남보육원

도곡동 타워팰리스에서 아이들을 가르쳤던 시절이 있었

다. 그곳은 스카이캐슬이었다. 길 건너 맞은편 언덕에 강남 보육원이 있었다. 영화에나 나올 법한 장면이었다. 도로를 두고 수백만 원짜리 교육을 받는 아이와 최소한의 학습권도 보장받지 못한 아이들. 나의 어린 시절은 궁핍한 보육원에 있었고, 서른 살 즈음의 시간은 맞은편 도곡동에 있었다. 부자 동네 아이들에게 공부는 선택이 아니고 필수였다. 학생이 수업 시간을 어긴 적이 없다. 하지만 보육원 아이들에게 공부는 선택이었다. 언제나 선생인 내가 아이들을 기다렸다. 만나지 못하고 내 시간만 낭비하고 온 날도 수두룩했다. 안타까웠다.

4) 마천동 다문화 센터

학생이 조금씩 늘 때는 이유가 있었다. 어린이날 즈음하여 다문화 가정의 아이들과 즐거움을 나누고 싶었다. 처음으로 백만 원 단위로 기부했다. 기독교인은 아니지만 '시작은 미약하지만, 나중은 창대하리라'라는 성경의 문구를 되뇌었다.

5) 희망 제작소

이 이름과 처음 마주쳤을 때 가슴이 두방망이질했다. '희망을 제작한다.' 얼마나 뭉클한 말인가! 그렇게 만들어진 희망들이 홀씨가 되어 멀리멀리 날아가기를 두 손 모았다. 내 작은 힘도 더해져 필요한 곳에 희망을 줄 것 같았다.

6) 월드비전

'왓썹'을 열면서 했던 약속이었다. 수업료 일부를 꼭 기부했다. 아프리카의 일곱 아이를 후원해 나갔다.

7) 하남 미사 강변복지관

엄마가 갑자기 돌아가셔서 가게에 정리되지 않은 새 한복이 많았다. 일상복이 아니라 기부할 곳을 찾지 못했다. 엄마의 분신을 소중히 다뤄 줄 곳을 찾다가 하남 미사 강변복지관을 만났다. 관장님은 매년 어른들 구순 잔치에 한복을 대여하지 않고 사용할 수 있다며 기뻐해 주었다. 작은 기부 하나라도 기부자의 뜻을 정확히 새겨 사용해 주었다. 내가 전속 후원자가 된 것도 관장님 외 모든 직원이 진심으로 사람을 대하기 때문이다.

8) 붕어빵

어느 겨울, 길을 가다 구수한 냄새에 이끌려 붕어빵을 사 먹었다. 한 입 베어 물자 붕어빵을 함께 나눠 먹던 엄마 생각이 밀려왔다. '그렇게 좋아하셨는데…….' 다음 날 복지관 담당자와 얘기했다. 정월 대보름 행사에 팬들이 커피차를 보내듯 난 붕어빵 트럭을 보냈다.

9) 과일 총각

퇴근 후 길동시장에 들렀다. 젊은이들이 운영하는 과일가게를 지나고 있었다.

"떨이요, 떨이……. 한 바구니에 3,000원……."

그들은 과일을 다 팔아야 퇴근했다. 열심히 살아가려는 젊은 청춘들만 보면 어떻게든 행운을 안겨 주고 싶었다.

"바나나, 사과 등 남는 과일은 모두 내일 복지관으로 보내주세요."

그들은 '이게 웬 떡이야?' 싶은 눈으로 나를 쳐다봤다.

10) 뻥튀기

길동시장 뒷골목 늘 그 자리에 뻥튀기 할아버지가 있다. 파장 무렵 느릿느릿 진열된 뻥튀기와 기계를 정리한다. 문득 모든 동작이 느릿느릿해지던 엄마 생각이 떠올랐다. 마음이 울컥했다.

"할아버지 400봉지 준비돼요?"

"뭐요?"

"뻥튀기 400봉지 만들어 줄 수 있냐고요?"

"1주일 계속 만들면 되는데, 뭐에 쓰게?"

할아버지도 즐겁고 복지관 어른들도 즐겁게, 맛있는 뻥튀기를 배달하고 싶었다. 엄마도 종종 누군가 이불을 많이 사 간 날은 현금을 세고 또 세면서 좋아했다. 그런 엄마 모습이 떠올라 나도 불쑥 400봉지를 주문했다. 할아버지의 미소에서 엄마의 웃는 얼굴이 보였다. 뻥튀기 가격이 가벼웠기 때문에 플렉스 해 볼 수 있었다.

11) JTBC 뉴스룸에 '아이스버킷 챌린지'

코로나가 창궐하던 시절, 복지관 관장님을 만났다. '외부 활동 제약이 커지면서 어른들의 고립감과 고독감이 더 심해졌고, 그로 인해 돌아가시는 어른들이 예년보다 많아졌다'라고 전했다. 감염병은 약자에게 더 가혹했다. 학원도 한 달씩 비대면 수업으로 진행했고, 나 또한 힘든 시간이었다. 누구도 그 어떤 일도 예상할 수 없던 두려움과 공포의 시간이었다. 집에 갇혀만 있던 아이들도 답답함이 쌓여 갔다. 문득 '꿩 먹고 알 먹고' 깜짝 행사를 생각했다.

독거 노인을 위해 아이들과 함께할 '아이스 버킷 챌린지(Ice Bucket Challenge)'였다. 고통을 잠시라도 느끼며 기부를 활성화하기 위해 한 사람이 머리에 얼음물을 뒤집어쓰고 다음 사람을 지목하는 방식이다. 참여하는 인원만큼 내가 기부하는 것이다. 학생들은 놀거리가 생겨 신났고, 나는 뜻깊은 길에 함께할 수 있어 좋았다.

우리의 이벤트는 손석희 아나운서가 진행하던 저녁 8시 JTBC 뉴스룸 〈원보가 간다〉에 방송을 탔다. "텔레비전에 내가 나왔으면 정말 좋겠네~. 정말 좋겠네~." 하며 노래하던 아이들의 꿈이 이뤄지는 시간이었다.

12) '아름답지 아니 한강!' 유람선 여행

엄마가 서울 올 때면 한강공원에 자주 갔다. 잔디밭에서 놀
기도 하고 유람선도 탔다. 24시간 일만 하다 꿀맛 같은 휴식
을 취하니 얼마나 행복할까. 그 표정을 잊지 못한다. 엄마가
돌아가신 후 모든 일을 엄마와 연결하는 버릇이 생겼다.

어느 아름다운 가을날, 지역 독거 노인 중 엄마와 이름이
나 나이, 생일이 같은 어른들을 모셔서 '애써 사시느라 수고
하셨습니다.' 하고 뭔가를 드리고 싶었다. 한강 유람선 위에
서 점심을 먹는 프로그램이 눈에 들어왔다. 유람선을 타 보
곤 했지만, 유람선에 특별한 코스가 있는지는 몰랐다.

'한강 유람선에서 런치!', '아름답지 아니 한강'.

관장님이 나를 앞에 세워 왜 이런 자리를 생각했는지 한마
디 할 기회를 주었다. 엄마와 공통점이 하나라도 있는 어른
들……. 엄마가 저 앞에 앉아 내 얘기를 듣고 있으면 얼마나
좋을까 울컥했다. 여행은 순조로웠다. 형형색색의 나뭇잎이

흩날리는 가을날, 어른들은 태어나서 이렇게 큰 대접을 받은 적이 없다며 고마워했다.

유람선 타고 본인이 걸어왔던 서울의 성장을 지켜보며 감회가 새로웠다고도 했다. 여행자들의 웃는 얼굴 하나하나에 엄마의 웃음이 묻어났다. 엄마도 기대하지 않은 선물을 받았을 때 더 기뻐했던 기억이 떠올라 마음이 찡했다.

13) 국가유공자들에게 제주도 여행

짝꿍과 함께 모터사이클로 알프스를 달리는 프로그램에 참여했다. '탠덤(tandem, 뒷자리에 타는 것)'이었지만 매 순간 황홀한 자연에 가슴이 벅차올랐고 살면서 이런 멋진 기회가 나에게 온다는 게 믿기지 않았다. 관광에 참여한 모든 사람이 각자의 사연으로 그 낯선 황홀한 길에서 울었다.

갑자기 이 운을 나누고 싶었다. 나도 언젠가 받았던 운을 돌려주는 것이다. '나라를 위해 헌신한 유공자에게 제주도 여행을 보내 드리자.' 덕분에 지금 우리가 많은 것을 누리고 있어 감사하다고 인사드리고 싶었다. 호국 유공자 일곱 분을 선정했다.

2박 3일 제주의 먹거리와 볼거리를 즐기는 패키지여행이었다. 다녀오는 내내 '고맙다.' 찬사가 마구 쏟아졌다. 다녀온 후에도 잊지 못할 시간이었다며 인사하러 들렀다. 다음 해에도 혹시 계획이 있는지 물어보는 분도 계셨다.

14) 다이소에서 제2의 인생 살기

다이소 물건은 가격이 저렴하니 상품의 질이 좋지 않을 거라는 편견이 있었다. 그러던 어느 날 다이소 박정부 회장의 『천원을 경영하라』를 읽고 나의 무지함을 반성했다. 다이소에 가면 늘 이런 방송을 듣는다.

"천 원의 가치를 소중히 여기겠습니다."

이 시대에 천 원을 소중히 여기는 사람도 그걸 기대하는 사람도 없다. 하지만 책을 읽으면서 그 약속을 실천하고 지키기 위해 얼마나 노력하는지를 읽을 수 있었다. 시간이 흐르듯 마음도 변하는 게 인지상정인데 다이소는 그렇지 않았다. 갈 때마다 제품의 다양성에 놀라고 기술력에 감동하고 가격을 보고 사랑에 빠진다. 어느덧 다이소의 뜨거운 팬이 되었다.

2024년 가을, 찬 바람이 불 때 따스함을 선사하고 싶었다. 고민이 필요 없었다. 다이소 상품권이었다. 복지관 어른들께 드릴 5,000원짜리 상품권 카드를 일일이 봉투에 담았다. 어른들 200명에게 나눠 줬다. 5,000원이 큰돈은 아니지만, 쇼핑의 즐거움을 느끼게 해 주는 특효약이다. 복지관 직원들과 어른들이 '장 보는 날'을 정해 바구니를 들고 다니며 물건들을 골라 담았다고 한다. '키오스크(kiosk)' 공부도 했다고 했다. 적은 돈으로 신혼살림 장만하듯 썼다는 어른의 말에 나도 모르게 뭉클했다. 인생에 아직 행복을 느낄 일이 있다는 게 고마웠다.

15) 지금(Present)을 선물(Present)하기

아무리 아름답든 아무리 처참하든 지금, 이 순간은 지나간다. '지난날'이 된다. 다시없는 지금 그 오늘을 선물하고 싶었다. 번들로 파는 과자 더미를 준비하여 즉흥적으로 복지관에 선물했다. 밥 받으러 오는 어른들에게 갑작스레 '지금'을 선물로 드렸다. 그러면서 나도 '지금'을 선물로 받았다.

3. 사랑하는 사람의 이름으로
– 석현문 장학회

🏍️

> "공부에 전념할 수 있도록 해 준
> '석현문 장학회'와 앨리스 선생님을 만났다."

엄마와 동생이 예고도 없이 내 곁을 떠났다. 상실감과 우울감에서 벗어날 수 없었다. 그들의 흔적이 내 기억에서 지워지지 않도록 엄마 이석자, 동생 최현식, 그리고 나 최문희 이름에서 한 자씩 따 '석현문 장학회'를 만들었다. 세 사람의 이름으로 도움이 필요한 아이들을 뒤에서 밀어주고 싶었다.

1호 장학생은 복지관에서 추천한 민국이었다. 잘 생겼다. 키도 크다. 바르다. 가정의 버팀목이던 엄마는 어릴 적 돌아가셨고 아빠도 병으로 고생하다가 몇 해 전에 돌아가셨다. 환경이 불우하다고 다르게 살고 싶지 않다고 했다. 낮에는 미래를 위해 공부하고 밤에는 아르바이트하며 살고 있었다. '누군가 후원해 주는 사람이 있다면 덜 힘들게 살아갈 텐데…….' 하는 안타까운 마음이 들었다.

민국이는 6개월에 한 번씩 박카스를 들고 찾아온다. 얼마나 반갑고 고마운지. 두 손에 들고 있는 감사의 표시인 박카스도 너무 좋다. '그게 뭐라고?' 나에게는 값어치를 매길 수 없을 만큼 큰 의미다. 종종 어찌 지내는지 궁금하지만, '장학금 준다고 간섭하는 게 아닐까?' 하는 생각에 먼저 연락하지 않는다.

어느덧 그는 공익복무요원이 되었다. 입대하기 전에 만나 이런저런 얘기를 나누다 여동생이 곧 대학 입학 예정이라는 걸 알았다. 기숙사비라도 보태 주고 싶었다. 주저 없이 '석현문 장학생' 2호를 동생 윤미로 했다. 지방에서 공부하는 그 아이를 본 적은 없다. 잘 지내 주기를 응원하고 있다. 내가 할 수 있는 전부였다. 어느 날 민국이가 찾아왔다. 다른 장학단체에도 동생을 소개해 주어서 고맙다고 했다. 때마침 학원에 초등 고학년생들이 있어 대화 시간을 가졌다. 그가 어린 아이들에게 이런 말을 했다.

"아직 인생을 논하기엔 어린 나이지만, 살아오는 동안 공부가 제일 쉬웠어. 하지만 누구나 같은 환경을 가지는 건 아니야. 누군가는 공부만 하면 되는 환경에서 태어나고, 누군가는 매 끼니 먹고사는 문제를 고민하는, 그래서 공부가 사치인 환경에서 태어나기도 하지. 내가 후자에 속하지. 살기 위해 돈을 벌어야 했어. 어떻게든 실패자가 되지 않기 위해 열심히 공부했어. 힘든 시간이었지. 공부하랴 아르바이트하랴. 그때 '석현문 장학회와 앨리스' 선생님이 손을 내밀어 주었지. 세상에는 좋은 사람이 많아. 하지만 세상의 좋은 사람을 만나기는 쉽지 않아. 너희는 행운아야. 좋은 환경에서 태어나 공부도 마음껏 할 수 있고 앨리스 선생님 같은 좋은 사람을 만났으니까. 고마움을 잊지 말고 열심히 공부해."

고마웠다. 코로나 시절, 학생이 급감하여 장학금 20만 원이 부담스러운 적도 있었다. 잠시 멈출까 1초간 망설였던 순간이 부끄러웠다. 민국이와 잠시 산책했다.

"윤미가 아파서 감사 인사를 놓쳤어요. 아프지 않은 날은 지방에 있는 학교에 가고 집에 오는 날은 아픈 날이 많아요."

기숙사비를 걱정하며 아르바이트에 매달리지 않게 되어 동생을 대신해서 감사하다고 전했다.

우리나라의 20~34세 청년 자살률은 인구 10만 명당 23명(2020년 기준)으로, 경제협력개발기구(OECD) 국가 중 1위이다. 2위인 일본(19.8명)과도 격차가 크며, OECD 회원국 평균 자살률(10.8명)보다 2배 이상 높다. 젊은 날 꺾이는 날개는 몹시 뼈아프다. 궁핍한 현실이 미래를 가로막으니 더 캄캄할 것이다. 내가 열심히 돈을 벌어야 하는 이유가 또 여기 있다.

운이 좋다! 나에게 작은 능력이 있어 누군가에는 도움이 될 수 있으니 말이다.

왓썹(WHATSUP)석현문장학회 님	
상품명	기업자유예금
계좌번호	140-0 - -522
계좌관리점	길동
계좌가입일	2021.09.02

석현문장학회

4. 오 마이 갓!
학교에 놀이터가 없다니!

🏍️

"잘 주었다. 그리고 잘 사용해 주어서 고맙다."

2024년 봄, 필리핀에서 온 선생님 알로(Cabilete Aloida)와 놀이터에서 얘기를 나눴다. 그녀는 왓썹에서 6년이나 함께 일했으니 나에게는 가족이다. 한국에 와서 눈(snow)과 그네(swing)를 태어나서 처음 보았다고 했다. 필리핀에 있을 때 '그네'는 그림책에서만 보았다고 했다. 귀를 의심했다. 그녀가 살아왔던 이야기 또한 우리나라 1960년 또는 1970년을 상상하게 했다.

"호롱불, 달빛 아래서 공부했어. 산을 두세 개 넘어 학교에 다녔어. 가방이 없어 비닐봉지에 책을 넣고 다녔어."

더 놀라운 건 다음 얘기였다. 필리핀 세부(Cebu)의 고향 집 옆에 그녀가 졸업한 '마그하노이 초등학교(Maghanoy Elementary

School'가 있다. 아직도 학교 운동장에 놀이터가 없다는 것이다. 구글로 학교를 찾아보았는데 정말 운동장뿐만 아니라 학교 전체가 허허벌판이었다. 21세기에 교실만 덩그러니 있는 학교라니! 상상할 수가 없었다. 즉흥적으로 말이 나왔다. "그 운동장에 그네 하나 만들어 줄게."

5월에 그녀가 필리핀 고향에 엄마 보러 갈 때 즈음 그네를 볼 수 있게 지원하겠다고 했다. 그네에 'Alo' 이름을 새기겠다고 했다. 그런데 운동장에 덩그러니 그네 하나만 놓인 초안을 그려 보니 영 이상했다. 운동장에 달랑 그네 하나라니! 다른 놀이기구들도 더 그려 넣었다. 그네 곁에 미끄럼틀, 정글짐, 그리고 시소. 일이 점점 커졌다.

필리핀에서 초등학교 선생님으로 있는 알로의 오빠와 연락했다. 도면과 견적서를 보내왔다. 도면을 보고 정말 놀랐다. 태풍이 자주 오는 지역이라 미끄럼틀을 시멘트로 한다는 것이다. 물론 마감은 부드러운 재질로 한다고는 했다. 세상에나……. 아이들의 연약한 살갗이 닿아 상처를 입거나 혹여 부딪쳐서 다칠 생각을 하니 아찔했다. 방향을 다시 잡았다.

놀이터 시공 전문업체가 '안전하고 재미나게 놀 곳'으로 만들기로 했다. 놀이터 소식에 마을이 들썩들썩했다고 한다.

"Alo가 일하는 한국의 원장님이 놀이터를 기부한다고!"

학교는 놀이터가 비 맞지 말라고 덮어 줄 대형 천막을 짓는다고까지 했다. 웃음이 절로 나면서 고마운 마음이었다. 여름이 한창인 8월 초입, 마그하노이 초등학교에 놀이터가 들어섰다. 아이들은 방학에도 놀이터에서 놀기 위해 학교에 온다고 했다. 학교는 많은 학생이 한꺼번에 몰리는 것을 막기 위해 체육 시간도 조정했다고 했다. 교장 선생님과 직원은 아이들이 뛰어노는 사진을 문자와 함께 보내왔다. 작은 유토피아가 그곳에 있었다.

첫 시작은 알로와 그녀의 부모님을 위해서였다. 타국에 있는 딸 걱정을 하는 부모님이 산책할 때마다 딸의 이름이 새겨진 그네를 보며 얼마나 뿌듯해할까……. 가볍게 꺼낸 얘기였다. 또한, 아이들을 가르치는 사람으로서 세상 아이들을 웃게 만드는 일이 있다면 해야 했다. 이 일을 계속해 나가자고 남편과 합의했다. 1년에 하나씩은 만들기 위해 열심히 일할 명분이 생겼다. 우리는 계속 나아갈 이 계획의 이름을 "놀이터 행성 사업(Playground Planet Project)"이라고 붙였다.

잘 주었다. 그리고 잘 사용해 주어서 고맙다.

마그하노이 초등학교 놀이터

5. 25년 만의
책 반납

🏍️

"운이 좋았다. 나의 잘못을 바로잡을 수 있어서!"

25년 전 뉴질랜드에 처음 갔을 때 일이다. 남섬의 크라이스트처치(Christchurch)에서 지냈다. 어떤 사람들은 그곳은 시간이 멈춘 곳이라고 했다. 지루하다는 의미를 에둘러 표현한 것이다. 하지만 난 늘 바빴다. 봉사하면서 학교엘 다니고, 집주인 할머니랑 놀러 다니면서 시간 가는 줄 모르고 보냈다.

그리고 시간 날 때마다 중앙도서관 투랑가(Christchurch central library - Turanga)를 방앗간 가듯 들렀다. 글자랑 친하던 삶은 아니었지만, '도서관'이라는 공간이 주는 특별함이 있었다. 무엇보다 다양한 프로그램이 제공되어 현지 문화를 만나는 데 많은 도움이 되었다. 사서 친구 마이클(Michael)도 그곳에서 만났다.

그림책, 잡지, 영문법 책이 꽂혀있던 코너는 도서관 최고의 장소였다. 현지인과의 대화가 절실하면서도 한국에서 공부해 오던 버릇대로 문법책을 먼저 공부하고 다른 책들을 읽곤 했다. 한국으로 돌아왔다. 짐을 풀다 보니 도서관에서 빌려 읽던 문법책이 들어 있었다. 낯선 희열과 미안함, 죄책감이 교차했다. 그러면서 전리품도 아닌데, 책장에 떡하니 진열했다. 종종 책장에 꽂힌 그 책을 볼 때마다 '아, 항공 택배로 보내야 하는데……. 나처럼 누군가 또 이 책을 찾을 텐데…….' 하는 생각이 밀려들었다. 투랑가 도서관에 메일을 보내 어떻게 보내야 하는지 문의했다. 답은 예상외였다.

"언제가 크라이스트처치에 올 때 반납하세요."

'뉴질랜드에 다시 가는 날이 있을까? 과연 나는 나의 실수를 바로잡을 날이 올까?' 그 후 바빠 사느라 그 일을 잊고 지냈다. 5년 뒤 다시 뉴질랜드에 가게 되었을 때 무슨 이유인지 책 반납은 잊고 있었다. '가장 먼저 챙겨야 했을 책을…….' 다시 또 20년이 흘렀다.

다시는 방문할 기회가 없을 것 같던 뉴질랜드 여행 계획이 잡혔다. 사죄할 마지막 기회라서 제일 먼저 챙겼다. 도서관에 메일을 보냈다. 25년 전의 내 실수를 말하고 그것을 바로잡을 방법을 알려 달라고 썼다.

"반납함에 책을 넣고 가 주시면 다시 잘 사용하겠습니다."

이전의 답장 그대로였다. 종종 뉴질랜드의 공항 검색대에서 '절도'라는 문구가 떠 출입국 보안요원들에게 체포되는 악몽을 꾸곤 했는데, 답변도 꿈같았다. 책을 돌려주면서 벌금을 내겠다고 했다. 그녀는 사양했다. 그저 책을 반납하기만 하면 되고, 내 어깨의 짐을 내려놓으라는 따스한 말을 곁들였다.

그 글을 읽는 순간 내 미안함은 걷잡을 수 없이 부풀어 올랐다. 크라이스처치 공항에 세 번째 발을 디뎠다. 먼저 커다란 짐만 호스텔에 두고 도서관으로 헐레벌떡 뛰어갔다. 메일을 주고받던 '그녀'는 보이지 않고 다른 직원이 있었다. 메일에도 이야기했듯이 책에 관한 사연을 말했다. 직원은 나의 기록을 찾아보았다. 2011년 크라이스트처치 대지진이 일어나기 전의 일이어서인지 또는 25년을 훌쩍 넘은 오랜 세월 탓인지 내 기록은 나타나지 않았다. 공식적으로는 '절도범'이 아니었다. 하지만 난 알고 있지 않은가! 그 책이 있어야 할 자리에 있지 않았다는 것을.

 빌려 간 문제의 영문법 책과 함께 남편이 펴낸 『조선혁명선언 1923: 우리는 모두 의열단원입니다!』, 나의 글쓰기 선생님 김위아 작가의 『예술과 1센티 가까워지기』를 기증했다. K-문화는 어디서든 환대받는다. 그녀는 한글책을 받고 너무 기뻐했다. 다른 직원들과 검토 후 진열하겠다고 했다. 외국에 살면 그냥 '한글' 자체가 그리울 때가 있다. 책과 함께 벌금 같은 마음으로 기부금도 200불 건넸지만, 책 두 권으로 충분하다며 한사코 받지 않았다. 어릴 적 나의 실수를 거듭 사과했다. 직원은 따스하게 응답했다.

 "책을 반납하지 않은 사람이 한두 명이 아니에요. 힘들어하거나 너무 미안해하지 마세요. 잊지 않고 다시 찾아 준 것으로도 고맙습니다."

 투랑가의 직원들은 사람에게 감동을 주는 교육을 따로 받는 건가!

 25년 전 빌린 책을 반납하지 않은 건 공식 기록에서도 누구의 기억에서도 없었다. 드러내지 않으면 그냥 지나갈 일이었다. 하지만 나는 알고 있고, 나만이 그 실수를 바로잡을 수 있지 않은가. 나는 자백할 용기를 냈고 그 매듭을 풀었다. 이렇게 홀가분할 수가……. 갈림길에서 어떤 선택을 하는가가 족쇄가 되기도 하고 해방을 가져오기도 한다. 나는 후자를 선택했다.

운이 좋았다. 나의 잘못을 바로잡을 수 있어서.

25년 만의 책 반환

운이 좋다!
나에게 작은 능력이 있어
누군가에는 도움이 될 수 있으니 말이다.

6. 공부가 재미있는 이상한 나라 왓썹

"늘 행복할 수는 없지만, 행복한 일은 어딘가에 늘 있다."

교육의 성지 대치동과 도곡동에서 10년 넘게 개인 교습을 했다. 수강생이 많았기에 거만함에 빠진 적도 있었다. '정승 집 개도 자기가 정승인 줄 안다.'라는 말처럼 내가 '촌 출생 강남 사람'으로 착각했다. 어느 날 렉슬 아파트 주차장을 걸으며 불현듯 돈이 없어 공부할 수 없었던 어린 시절이 떠올랐다. '부잣집 아이들은 내가 아니어도 된다. 강남을 벗어나자.'라고 결심했다. 무엇보다 동료가 없어 외로웠고 나 혼자 가르치는 방식이 아이들에게 최상의 것일까 고민했다. 문득 학생들에게 다양한 선생님을 만나게 해 주고 싶었다. 송파에 왓썹영어[WHATSUP English] 학원을 개원했다.

개원 전 가장 신경을 많이 쓴 것은 위치도 아니고 실내장식도 아닌 학원 이름이었다. 평생 함께할 이름! 내 삶이자 내 철학이 그대로 드러나기에 고민에 고민을 거듭했다. 사람은 이름 따라 살게 된다고 어른들은 늘 말했다. 영화배우 문희를 좋아하기도 했지만, 글월 '문(文)', 계집 '희(姬)'를 써 나를 '문희'라고 지어 준 건 평생 책과 가까이하라는 아빠의 깊은 뜻이었다. 그 이름대로 지금도 늘 책을 붙들고 아이들을 가르치고 사는 건 아닐까? 만일 아빠가 '가수'라는 이름을 주었다면, 지금 어떤 삶을 살고 있을까?

영어 이름도 그렇다. 처음 만난 영어 이름이 『이상한 나라의 앨리스』의 앨리스였다. 어릴 적 친구 집에서 본 세계 명작 동화에서였다. 누구에게나 친구 같은 이름, '앨리스'. 그렇게 편하게 불리길 바랐다. 지금도 학생들은 날 편하게 부른다. "앨리스! 앨리스!" 존칭도 필요 없다. 어떻게 불리든 상관없다. 더 많이 불릴수록 더 많이 행복해지니까. 나의 첫 바람대로 "앨리스"는 여기저기서 들린다.

영국의 옥스퍼드 대학교 서점에 간 적이 있다. 작가 루이스 캐럴의 『이상한 나라의 앨리스』가 진열대 맨 앞에 있었다.

그분이 옥스퍼드 출신이기도 하고 그 대학에서 강의도 했다. 책 이름이 우리말 이름대로 'Alice in Wonderland'인 줄 알았다. 원제 즉 책의 정확한 영어 이름은 『Alice's Adventures in Wonderland』이다. 나도 이름 그대로 호기심도 모험심도 충만하여 낯선 세상을 향해 가는 '앨리스 문희'가 된 것이다.

고민 끝에 학원 이름은 'WHATSUP! 왓썹!'으로 정했다. 누군가를 만나 인사할 때 흔히 "How are you?" 표현보다는 "What's up?"이 일상적으로 쓰인다. 그 알파벳에 소망을 담아 보았다.

W = 멋진(Wonderful)

H = 행복한(Happy)

A = 감사하는(Appreciate)

T = 인내심 있는(Tolerant)

S = 최고의(Super trouper)

U = 개성 있는(Unique)

P = 긍정적인(Positive)

그리하여 "WHATSUP"은 행복한 인문 영어 놀이터가 되는 것이다. 나는 아이들이 "왓썹" 이름처럼 살기를 바란다. 영어는 선택이 아니라 필수이다. 언어 통역기가 상용화되고, 챗지피티(ChatGPT)가 보편화 되어도 영어가 필요 없어지는 건 아니다. 기계가 날로 발달할수록 섬세하고 자세한 표현과 프롬프트가 요구된다. 더 정확한 질문으로 원하는 답을 얻게 된다.

가르치고 배우는 데에는 여러 방법이 있다. 강의 기반 학습법(Lecture based learning), 컴퓨터 기반 학습법(Computer based learning), 프로젝트 학습법(Project based learning), 놀이 기반 학습법(Game based learning) 등이 있다. 왓썹은 선생님도 학생도 즐거운 방법, 게임 기반으로 가르치는 게 특징이다.

이 수업은 '기승 전'으로 연결되는데 마지막 '전'은 언제나 게임이다. 게임에는 늘 보이지 않는 목표가 있다. 아이들은 노는 동안 자신도 모르는 새 목표에 도달하게 된다. 예를 들어 우리가 '아임 그라운드' 놀이를 한다고 가정해 보자. 오늘 수업 목표는 '수도 이름'이다. 자기 이름 자리에 수도 이름을 말하게 하면 아이들은 어려운 수도 이름을 금방 배울 수 있다. 두 마리 토끼를 잡는 것이다. 즐겁게 학습하고 몸이 기억

한다면 이보다 멋진 일이 어디 있을까?

왓썹에는 다양한 게임 이벤트가 있다.

1) 런닝맨(Learning Man)

토마스 어학원에서 배운 '런닝맨(Learning Man)'은 '스타필드' 또는 동네 골목에서 진행한다. 난이도에 맞는 영어 퀴즈를 30~50개 준다. 문제를 이해해야 하고 공간지각력, 협동심도 있어야 한다. 학생들은 '스타필드'나 동네에 놀러 왔다고 생각하지만, 그 속에는 단어와 문장을 생활공간에서 만나는 숨은 뜻이 있다. 예를 들면 이런 문제들이다.

'Find the place where the capital of Norway is.'

아이들은 노르웨이 수도인 '오슬로' 단어를 찾아야 한다. 물론 스타필드 안에 있는 오슬로는 아이스크림 가게 이름이다.

2) 스탬프 투어(Stamp Tour)

혜준이가 아이디어를 준 '스탬프 투어(Stamp Tour)'는 체육 놀이이다. 왓썹은 공간 곳곳에 놀 거리가 있다. 한쪽 벽면에는 클라이밍이 있고, 다른 곳에는 포켓볼과 농구대가 있다. 농구의 후프에는 공이 아니라 지우개를 던져 넣어서라도 논다. 그들은 모두 마이클 조던이 된다. 피아노도 있다. 누구나 아무렇게나 건반을 쳐도 다 '임윤찬', '조성진'이 된다. 제기, 비석 치기, 공기, 훌라후프, 줄넘기, 공은 쉬는 시간을 위해 항상 비치되어 있다. 모두 생활체육인이다.

뉴질랜드 초등학교에 있을 때 쉬는 시간에 원 없이 뛰어노는 아이들을 보고 생각해 낸 것들이다. 도장 찍기에서는 10개의 임무를 준다. 친구와 탁구 3번 랠리 하기, 훌라후프 3번 하기, 제기 5번 차기, 포켓볼 1개 넣기, 클라이밍 10초에 올라가기 등 갖가지 미션을 해야 한다. 아이들은 그 과제를 완성하기 위해 자연스럽게 귀를 열고 말을 한다.

3) 벼룩시장과 경매

벼룩시장 '플리마켓(Flea market)'은 일상화되었다. 평범하면서도 독특한 것을 하고 싶던 나는 경매(Auction)를 시작했다. 뉴질랜드에서 다녔던 카지노와 영화에서 아이디어를 생각해 냈다. 벼룩시장과 경매를 연결해 보았다. 1부 벼룩시장에서는 물건들을 팔며 돈을 모으고, 2부에서는 가지고 있던 물건들을 경매한다. 경매란 물건을 설명하고 구매자들이 희망하는 가격을 말함으로써 가장 높은 가격을 부른 사람이 주인이 되는 것이다. 모든 과정은 영어로 진행된다. 모든 친구가 자연스럽게 참여하도록 만든다.

4) 합창 공연

나에게 왓썹은 놀이터다. 아이들이 놀고 웃으며 공부할 때 만족을 느낀다. 나는 어린 시절에 노래를 부른 기억이 없다. 아무도 시켜 주지 않았고 아는 노래도 없었다. 사람들은 말한다.

"음악, 미술, 체육, 문학은 삶을 풍성하게 한다."

내가 경험하지 못했던 것을 아이들에게는 꼭 경험해 보게 하고 싶었다. 300석 공연장을 대여했다. 아이들은 주인공으로 춤도 추고 연극도 하고 노래도 했다. 공연으로 자신감 그리고 영어 성장을 보여 주고 싶었다.

5) 핼러윈

밴쿠버(Vancouver)에서 10월이었다. 친구 은희랑 호박농장에서 여러 가지 모양의 호박을 땄다(펌킨패치, Pumpkin Patch). 저녁에는 테시(Tessy)네 아이들과 함께 호박으로 호박등(잭오랜턴, Jack-O-Lantern)을 만들었다. 집 앞에 그것을 두면 핼러윈 분장을 한 아이들이 "트릭 오얼 트릿(Trick or treat)!"을 외치며 사탕을 받는다.

평상시에는 차만 다니고 인적이 드문 동네지만, 10월 31일이면 어느 구석에서든 사람이 아닌 귀신으로 나온다. 이날은 구두쇠 영감 스크루지(Scrooge)도 아이들의 장난을 용서하는 날이다. 어른인 나도 그런 놀이가 신나는데 당사자인 아이들은 오죽하겠는가!

첫 학원, 첫 핼러윈, 학생은 30명 정도였다. 10월 중순, 늙은 호박 30개로 학원을 호박 천국으로 꾸몄다. 내가 겪은 것처럼 아이들은 호박밭에서 호박을 골랐다. 교실로 들고 가서 잭오랜턴을 만든다. 먼저 호박 뚜껑을 따고, 씨를 꺼내고, 삐뚤빼뚤한 눈, 코, 입을 만들며 양초를 그 안에 넣었다. 야단법석이었다. 호박으로 그렇게 재미있게 놀 수 있다니, 아이들의 상상력과 손놀림은 끝이 없다. 30개 호박 자르기를 돕다가 내 손목이 날아갈 뻔했다. 밤이 되면 근처 아파트 창가 곳곳에 호박등 불이 켜졌다. 왓썹 학생이구나! 영어를 책이 아닌 생활에서 배워 가는구나!

이젠 학생 한 명을 위한 잭오랜턴을 만들 수 없다. 하지만 깊은 밤 도로를 점령하며 놀았던 어린 캐나다인처럼 동네에서 사탕 받으러 다니는 "트릭 오얼 트릿(Trick or treat)!"은 했다. 아이들 놀이를 위해 기꺼이 나서 준 몇몇 이웃 가게에 풍선을 장식하고, 그곳을 방문했다. 즐겁고 신나는 문화놀이였다. 2022년 10월의 핼러윈, 이태원 참사 전까지는! 언젠가 유가족과 하늘의 별들이 평안해지면 다시 거리에 사탕을 받으러 다닐 것이다.

잭오랜턴

나는 오늘도 행운을 만든다

6) 크리스마스 파티

테시 집에서였다. 크리스마스 파티는 세계 명작동화에 나오는 그대로였다. 크리스마스이브 전 커다란 나무에 스타킹을 매달고 가족 선물을 나무 아래 두었다. 선물에 대해서는 비밀이었다. 안데르센 동화책은 세상을 하나로 연결했다. 가족들은 선물을 열 때마다 환호성을 질렀고 서로를 축복하는 말을 나누었다. 그때의 분위기, 그때의 느낌을 고스란히 왓썹으로 가져왔다.

비밀 친구 '마니또'를 정하고 커다랗게 나무를 그려 그 아래 선물들을 두게 한다. 선물은 쌓이고 쌓여 열어 보는 날까지 아이들의 설렘도 두근두근 쌓여 간다. 드디어 그날이 되면 반별 장기자랑을 하고 응원 소리에 교실이 터질 듯하다. 왓썹 학생들의 함성에 놀라서 산타할아버지의 수염이 떨어졌다나 어쨌다나……

7) 깜짝 잔치

어느 가게에 죠리퐁 과자가 많았다. 교무실을 그 상자로 채웠다. 죠리퐁 구역은 발 디딜 수 없었고 복도를 찰리와 초

콜릿 공장처럼 죠리퐁 세상으로 만들었다. 아이들은 상자를 쌓아 두고 성도 만들고 문도 만들고 그 속에서 영어판 '동동 동대문을 열어라' 놀이도 했다. 학생들이 집으로 돌아갈 때는 한 상자씩 안고 갔다.

지인이 통닭 가게를 했다. 코로나 시절 많이 힘들어했다. 가게 안에 손님이 없으니 생계가 막막했다. 1년에 한 번 이유 없는 깜짝 잔치를 열어 모든 학생에게 통닭을 나눠 주었다. 이유 없는 선물은 기쁨도 증폭되는 법이다. 상이란 꼭 잘해야 받는 건 아니다. 그저 건강하고 옆에 있는 존재로서도 충분히 상 받을 만하다. 삶은 놀이이다.

"늘 행복할 수는 없지만, 행복한 일은 어딘가에 늘 있다."

왓썹 로고

7. 멋진 파트너, 알로!

🏍️

"수업은 놀이처럼, 쉬는 시간은 공부처럼!"

"여행한 나라 중 어디가 제일 좋으세요?" 사람들이 내게 묻는다. "필리핀이요." 1초도 주저하지 않는다. 다녀 본 많은 나라에 좋은 추억도 많다. 하지만 단언컨대 다시 살고 싶은 나라는 필리핀이다. 가장 큰 이유는 날씨와 사람 때문이다. 내가 다녀온 도시 따가이따이(Tagaytay)는 해발고도가 높아 평균기온이 25도를 유지한다. 음식 걱정이 없다. 좋은 음식을 못 먹는 사람은 있을 수 있어도 못 먹어 배를 곯는 보릿고개를 겪는 사람은 없다.

그런 이유로 사람들이 급할 게 없고 느릿느릿하다. 게을러 보일 수도 있고 인생에 쫓길 것 없이 여유로워 보일 수도 있다. 삶에서 우선순위는 언제나 가족이다. 경조사가 셀 수도 없이 많다. 사촌의 팔촌, 십육 촌까지 내 일처럼 생각한다. 머나먼 친척의 일이라도 한걸음에 달려온다. 필리핀 사람들은 언제나 혼자가 아니라 모두 연결되어 있다는 느낌이었다.

왓썹은 영어학원이다. 학생들은 왓썹을 좋아한다. 수업 시간은 게임으로 배워서 좋아하고, 쉬는 시간은 보드게임, 운동 기기 같은 놀거리가 많아서 좋아한다. 수업은 놀이처럼, 쉬는 시간은 공부처럼 한다. 함께 놀아도 좋고, 혼자 놀아도 즐거운 공간이다. 하지만 여기에도 문제는 있었다. 학생들이 영어로 대화하는 걸 힘들어했다. 원어민, 교포, 유학파 선생님들이 영어를 영어로 가르쳐도 실력이 늘지 않았다. 아이들은 본능적으로 노랑머리 선생님에게는 영어로 말했고 검은 머리 선생님에게는 한국어로 말했다. 원어민의 숫자가 상대적으로 부족했기에 영어보다는 한국말 사용이 많았다. 양적인 면에서 부족했다. 어느 날 내가 노랗게 염색했더니 학생들이 영어로 말을 건넸다. 두피의 희생으로 학생들의 영어 한두 마디를 건졌다. 하지만 검은 머리가 봄 새순처럼 나기 시작할 때 다시 한국말로 돌아갔다. 풀리지 않는 숙제였다.

그즈음 지인인 에스더(Esther) 원장이 학원 경영에 문제가 생겨 함께 일하던 선생님 알로(Alo)가 일할 학원을 찾는다는 공고를 냈다. 필리핀 선생님이었지만 온 우주가 밀어붙이는 강한 끌림을 느꼈다. 면접을 보았다. 그녀와 동행한 남편은 더 매력적이었다. 곰돌이 푸(Pooh)처럼 마냥 푸근해 보였고, 함께 있는 모습이 한 쌍의 원앙 같았다.

나는 '가화만사성(家和萬事成)'을 철저히 믿는다. 가정이 화목하면 모든 일이 잘 풀린다는 뜻이다. 교육학이 부전공인 그녀는 원리원칙주의자이다. 처음에는 정해진 수업 계획대로 학생들이 따라 주지 않거나 변수가 생기면 스트레스를 받았다. 동기부여가 확실한 성인만을 가르쳐 왔기에 어디로 튈지 모르는 초등생을 버거워했다. 사회적 훈련이나 동기가 없는 어린아이들을 가르치는 건 쉬운 일이 아니다.

알로는 시행착오를 거듭했고, 끊임없이 공부하고 노력했다. 특히 원장인 내가 원하는 방향인 게임 기반 수업(Game Based Teaching)을 접목하기 위해 수업 준비에 많은 시간을 쏟았다. 수업 3시간 전에 출근하여 수업 내용을 보고 또 보았다. 젊은 시절의 나를 본 것 같았다. 결국, 시간과 노력은 그녀를 배신하지 않았다. 영어와 게임이 접목되니 학생들이 알로와 영어를 편하게 느꼈다.

알로는 때로는 한국 선생님보다 더 엄격하고 때로는 개그우먼보다 더 우스꽝스럽게 학생들을 재미나게 이끌었다. 자연스레 언어의 벽이 무너졌다. 일부러 '잉글리시 존(English Zone)'을 만들지 않아도 학원 분위기가 저절로 변해 갔다. 영어유치원에 다니지 않고도 영어를 편하게 구사할 수 있게 하는 것이 나의 목표였다. 꿈꾸던 이상들이 현실로 나타나기 시작했다. 왓썹 8년 차다. 종종 교실 옆을 지날 때 절로 웃음이 난다. 창턱으로 넘쳐 나는 아이들의 끊이지 않는 웃음소리, 종알대는 영어 말들, 무엇보다 밝은 표정들! 꿈은 이렇게 이뤄지는 거구나. 나는 학생들 영어 회화가 안 되는 '변명'을 하지 않고 될 수 있는 '방법'을 찾았다. 어느덧 필리핀에서 온 구세주이자 멋진 파트너 알로는 왓썹의 얼굴이 되었다.

고맙습니다. 힘든 길을 함께 손잡고 걸어가 주어서.

Alo & Alice

8. 고맙습니다,
길을 열어 주셔서

"고맙습니다. 인생의 등대가 되어 주셔서!"

1) 돈에 꽃을 피운 어른 김장하

다큐멘터리 〈어른 김장하〉를 넷플릭스에서 보았다. 선생님은 열아홉에 한약사 자격을 얻어 1963년 고향 사천에서 한약방을 개업했다. 10년 뒤 진주에서 '남성당한약방'을 50년간 운영했다. 그곳은 많은 사람이 찾아와 마이크로 순서를 호명할 정도였고, 기다리는 사람이 많아 점심시간에는 빵을 나눠 주기도 했다. 전국 한약방 중 세금을 가장 많이 냈다고 한다.

그는 20대 젊은 시절부터 가난한 학생들에게 '왼손이 하는 일을 오른손이 모르게' 장학금을 주었다. 1,000명 웃도는 학생이 혜택을 보았다. 40대에는 100억 원 넘는 돈을 들여 설립한 사학 '명신고등학교'를 나라에 헌납했다. 또 30억 원 넘는 재산을 '국립경상대학교'에 기부했다. 진주의 사회·문화·역사·예술·여성·노동·인권 단체들을 알게 모르게 후원했다. 명신고등학교 이사장 퇴임식에서는 이런 말씀을 하셨다.

"부끄러운 고백일지 모르겠습니다. 저는 가난 때문에 하고 싶었던 학업을 계속할 수 없었습니다. 한약업에 어린 나이부터 종사했고 작으나마 이 직업에서 다소 성공을 거두었습니다. 제가 본교를 설립하고자 하는 욕심을 감히 내게 되었던 것은 오직 두 가지 이유, 즉 '내가 배우지 못했던 원인이 가난이었다면, 그 억울함을 나의 후배들이 가져서는 안 된다. 한약업에 종사하면서 내가 돈을 번다면, 그것은 세상의 병든 이들과 불행한 사람들에게서 거둔 이익이었기에, 그것을 자신을 위해 써서는 안 된다.'라는 생각 때문이었습니다. 그리고 두 가지 요건을 충족시키는 가장 좋은 일이 곧 장학 사업과 학교의 설립이었습니다."

김장하 선생님을 취재한 『줬으면 그만이지』라는 책에 이런 말이 있다.

"똥은 쌓아 두면 구린내가 나지만 흩어 버리면 거름이 되어 꽃도 피우고 열매도 맺는다. 돈도 이와 같아서 주변에 나누어야 사회에 꽃이 핀다. … 재물은 '내 돈이다'라는 생각이 안 들고 언젠가 사회로 다시 돌아갈 돈이며 잠시 내가 맡고 있을 뿐이다. 그뿐이다."

선생님은 평생 차 없이 걸어 다녔다. 신발 뒤축은 다 헤졌다. 세놓은 자전거 가게는 수십 년째 월세를 올리지 않았다. '사람을 살게 하는 것이 먼저다.' 그것이 선생님의 철학이다. 그런 분을 화면에서라도 만날 수 있다는 것이 얼마나 큰 축복인가!

2) 아픔을 베풂으로 바꾼 백낙삼 어른

유재석과 조세호가 진행하는 〈유 퀴즈 온 더 블럭〉에서 이분을 보았다. 경남 마산에서 2023년까지 무려 55년간 예식장을 운영하며 15,000여 쌍의 신혼부부에게 무료로 결혼식을 올려 준 분이다. 백낙삼 어른은 선생님의 꿈을 안고 중앙대에 진학했었다. 하지만 등록금이 없어 졸업 1년을 남긴 채학업을 접고 길거리 사진사로 생계를 이어 가야 했다.

한 장에 20원이던 사진을 찍기 위해 발바닥이 퉁퉁 부어오르도록 뛰었다. 날이 궂어 일이 없을 때는 우산이나 나무를 팔았다. 그렇게 모아 신신예식장을 열었다. 당신이 지독한 가난으로 제때 결혼식을 올리지 못했기 때문에, 누구보다 새 가정을 꾸리는 젊은 쌍들의 어려운 형편을 헤아렸다. 1968년부터는 돈이 없는 신혼부부에게 작업실, 혼례복, 화장 등 사진값을 제외한 모든 비용을 무료로 지원했다. 아흔이 넘는 나이에도 주차, 자료 정리, 주례 등 예식장의 궂은일을 도맡아 했다. 어른께는 꿈이 있었다.

언젠가 일에서 손을 놓게 되면 신신예식장을 거쳐 간 쌍들을 찾아 전국 곳곳을 여행하는 것이었다. 안타깝게도 그것은 꿈으로만 남고 말았다. 어느 날, 최필순 여사가 옥상에서 쓰러져 있는 백낙삼 어른을 발견했다. 한 달간 자리에 누워 있다가 향년 92세로 세상을 떠났다. 자신의 아픔을 베풂으로 바꾼 백낙삼 어른! 고맙습니다.

3) 김찬미가 성을 바꾼 이유! '엄마' 임천숙

구미에서 미용실을 하는 그룹 AOA 찬미의 엄마, 임천숙
도 〈유 퀴즈 온 더 블럭〉에서 만났다. 열일곱 살 때 동네 아
주머니를 따라 미용 일을 시작한 그녀는 원장의 칭찬 한마디
에 '내가 잘할 수 있겠구나. 이 일을 천직으로 삼아 재능 기부
를 해야겠다.'라고 생각했다. 26세부터 생각을 행동으로 옮
겼다. 가정불화로 오갈 데 없는 아이들을 데려와 자기 집에
서 청소년 돌봄을 시작했다.

'가출한 아이들은 먹여 주고 재워 주면 나쁜 짓은 안 한다.'
라는 생각에 아이들을 위한 공간을 따로 마련했다. 미용실에
딸린 방이 두 개였는데 한 방은 찬미 가족이 사용하고, 다른
방은 가출한 아이들에게 내줬다. 밥을 한 끼에 40인분 한 적
도 있다. 밖으로 돌던 아이들을 다독여 집으로 돌아가게 하
는 데 온 정성을 쏟았다. 부모 없는 아이들은 직접 돌봤다.
부모 상담이 필요하면 학교에까지 직접 찾아가 엄마가 되어
주기도 했다. 길 잃고 헤매는 아이들을 어떤 대가도 바라지

않고 끌어안는 모습! 바로 어른의 모습 아닌가!

아이돌 찬미는 '김찬미'에서 '임찬미'로 성을 바꾸면서 이렇게 말했다.

"내 인생의 본보기는 엄마다. 엄마처럼만 살면 후회 없을 것 같다. 나를 낳아 주고 길러 준 엄마이고, 내 모든 뿌리는 엄마이고, 앞으로 영원히 함께 살아갈 엄마이기 때문에, 엄마 성으로 사는 게 맞다."

나는 학생이 많아 살림이 넉넉한 적도 있었고, 먹고 싶은 것을 참으며 살았던 적도 있다. 지금은 풍족은 아니더라도 만족하는 삶을 살고 있다. 20대, 30대에는 '내가 잘나서' 또는 '열심히 해서' 보상받은 것이라 믿었다. 그 시절 작은 성공들은 나에게 자만심을 주었다.

돌이켜 보면 난 노력과 더불어 운도 좋았다. '오렌지(orange)'를 "어륀지"라고 발음해야 한다는 시대 흐름이 나의 선택을 쓸모 있게 만들어 주었다. 그렇게 찾아온 운을 김장하, 백낙삼, 임천숙 어른들처럼 누군가에게 돌려주는 것은 너무도 당연하다.

고맙습니다. 인생의 등대가 되어 주셔서.

나는 오늘도 행운을 만든다

Chapter 4

세상은 넓고 멋진 사람은 많습니다

1. 문희의 친구, 혜준이

"이 행운은 어느 별에서 왔을까! 혜준이라는 내 친구!"

혜준이는 나에게는 어른 김장하이고, 신신예식장의 백낙삼이고, 미용실의 임천숙이다. 우리는 1990년대 중반 하이텔(Hi-Tel)에서 만났다. 같은 해에 태어난 개띠들이 만나는 온라인 장소였다. 시도 때도 없이 접속했다. 어떤 날은 현실 세계보다 온라인에서 채팅하며 보낸 시간이 많았다. 화면 속에서 그녀의 매력은 넘치고 넘쳤다. 어떤 주제든, 어떤 사람이든, 한마디 한마디 모든 사람의 이야기를 잘 받아 주는 팔방미인이었다. 블랙홀 같았다. 사람을 마구 끌어당겼다.

우리는 별 쓸데없는 대화로 밤을 지새우기 일쑤였다. 어느 날, 우리는 직접 만나기로 했다. '번개 미팅'이었다. 실제 그녀의 모습은 상상 이상이었다. 호피 무늬의 멜빵바지는 깜찍했다. 목소리는 방송반 출신답게 차분했다. 파란색 모니터에서는 느낄 수 없었던 또 다른 묘한 아우라가 있었다. 그녀의 최고 장점은 세상을 바라보는 평등한 시선이었다. 모자라면 모자란 대로 넘치면 넘치는 대로, 사람 존재 자체로 인정하는 넓은 아량이 있었다. 우리는 온라인에서 만난 시간 덕분에 첫 만남부터 오랜 친구였던 것처럼, 허물없이 대화를 나누고 친구가 되었다.

혜준이는 따뜻하기까지 했다. 내가 돈이 없어 밴쿠버에 갈까 말까 고민할 때, "뭣이 중한데? 시간이 금이야!" 하면서 비행기 푯값을 선뜻 내놓았다. 언제나 내 주머니 사정을 훤히 꿰뚫고 음식값을 자주 내줬다. "야! 아무나 낼 수 있는 사람이 내는 거지! 그런 걸 왜 따져? 나중에 여유 있을 때는 네가 내." 하며 미안한 마음을 덮어 주었다. 또한 '살아 있는 모든 것'에 예의 발랐다.

그녀에겐 동물을 향한 특별 안테나가 있다. 밴쿠버에 있을 때였다. 언젠가 함께 집으로 돌아가는 길에 그냥 지나칠 만

나는 오늘도 행운을 만든다

한 작은 새 소리가 들렸다. 그녀는 뭔지 이상하다며 소리가 나는 곳으로 갔다. 주택과 주택 사이 작은 골목에서 새들이 "짹짹" 소리치고 있었다. 나는 '새들이 배고파 우는 소리'라고 했다.

혜준이는 그게 아닐 수도 있다며 주변을 둘러보았다. 저 멀리 고양이가 웅크리고 있었다. 날갯짓이 서툰 새끼 새를 덮치려다가 인기척에 물러나 있는 것이었다. "짹짹"은 살려달라는 다급한 구조 신호였다. 그 소리를 알아차린 그녀는 새끼 새를 두 손으로 감싸서 어미 새가 볼 수 있도록 2층 지붕으로 올라갔다. 911구조대원이 왔다. 그렇게 한 생명에게 두 번째 삶을 선사했다.

내가 선택의 갈림길에서 허덕이고 있을 때 그녀는 제갈량(諸葛亮)처럼 명쾌한 방향을 제시했다. 내 인생도 수렁에 빠져 1분 1초도 견디기 힘든 순간이 있었다. 그녀는 늘 내 앞, 옆, 뒤를 받치고 있었다. 혼자 내버려두었다면 잘못된 선택을 할 수도 있는 순간에 끊임없이 날 지켜보고 있었다. 혜준이는 하루에 몇 번씩이나 전화해서 딴생각 먹을 틈을 주지 않았다. 또한, 응급 신호를 보내면 멀리서 한걸음에 달려왔다. 그녀

아이들도 한창 자랄 시간이라 엄마의 손이 절실할 때였는데 급한 사람을 먼저 살리자는 생각이었다. 그렇게 어둠의 시간을 보낼 수 있었다.

혜준이가 나에게 이런 말을 한 적이 있다.

"나는 80점짜리 가정에서 태어나 80점짜리 인생을 사는데, 문희 너는 20점짜리 가정에서 태어나 90점짜리 인생을 살고 있어. 미래의 별을 키우고 있는 앨리스! 언제나 너의 선택을 믿어!"

이 세상 최고의 칭찬이었다. 문희의 친구, 혜준이가 있어 인생은 살 만했다.

이 행운은 어느 별에서 왔을까! 혜준이라는 내 친구!

2. '인생은 Go 아니면 Stop!'이라는 린다

🏍️

> "인생은 우연의 게임이며,
> 운은 항상 곁에 있는 동반자이다."

아동 성추행 사건으로 갈 곳 없어 어려움에 있을 때, 같이 공부하던 앨리샤(Alisha)가 자기 하숙집인 린다(Lynda) 집을 소개했다. 그녀는 한국에서 클래식 피아노를 전공한 고상한 아이였다. 손짓, 발짓도 품위 있었다. 나는 클래식의 '클' 자는 고사하고 음악의 '음' 자도 몰랐다. 사실 클래식이 밥 먹여 주냐는 생각이 지배적이던 시절이었다.

집주인 린다는 70세의 젊은 멋쟁이 할머니였다. 뉴질랜드에는 영국에서 이주해 온 사람이 많았다. 그녀 또한 콧대 높고 자기애가 넘치는 영국계 뉴질랜드인이었다. 앨리샤와 린다는 예술 이야기할 때만 '쿵짝'이 잘 맞았다. 나는 예술에 대해 논

할 수는 없었지만, 린다와 오래 노는 일은 잘했다. 언제든, 어디든, 무엇이든 늘 "예스" 하는 나를 예뻐했다.

우리나라 어른들이 동네 사랑방을 찾듯 린다는 크라이스트처치(Christchurch)의 카지노를 사랑방처럼 찾았다. 그녀는 매일 저녁 8시에는 머리부터 발끝까지 모델처럼 변신했다. 누가 봐도 "나! 린다 선수 입장!"을 표시했다. 더구나 호탕한 성격에 멋쟁이라 늘 주변에 사람이 많았다. 준비가 되어 "가자, 앨리스!"라고 소리치면, "네에!" 하고 따라나섰다. 첫날, 차 안에서 할머니가 이런 말을 했다. "한국 아이들은 처음 우리 집 올 때 항상 카지노를 따라가지. 하지만 두 번 이상 함께 간 사람은 없다."

그녀는 저녁 8~9시에 입장하면 새벽이 되어서야 집에 갔다. 하숙생들은 학교도 가야 했고 돈도 없어 게임을 오래 할 수가 없었다. 무엇보다 할 게 없는, 길고 지루한 시간을 견뎌내기 어려워했다.

카지노는 1달러로도 인생 잭폿(jackpot)을 터트릴 수 있는 곳이다. 하지만 나에게는 다른 의미가 있었다. 신비한 경험이 줄줄이 이어 나오는 마법 상자였다. 유니폼을 입은 직원들은 끊임없이 무료 음식과 음료를 날랐다. 사람들은 게임을 하면서 끊임없이 잡담을 나눴다. 린다 옆 껌딱지처럼 앉아 있던 나한테도 이런저런 말을 건네왔다. 듣기 공부라 생각하며 날마다 따라다녔다. 5시간, 6시간, 7시간……. 그 정도쯤이야 그리 어렵지 않았다. 룰렛(roulette) 터줏대감이었던 할머니 곁에서 날마다 새로운 영화 한 장면씩을 보았다. 몇 달을 함께 보냈다. 그렇게 난 카지노를 사랑하게 되었다.

엄마랑 정선 카지노에 간 적이 있다. 크라이스트처치 카지노와 정선 카지노의 큰 차이점은 분위기다. 크라이스트처치 카지노는 삶을 즐기기 위해 온 사람이 많아 여유가 있고 사랑방 같은 곳이다. 반면 정선의 카지노의 사람들은 좀비(Zombie)처럼 인생을 바꿔 줄 잭폿만을 찾았다. 사람들끼리 대화가 없다. 오로지 자기 게임에만 관심 있었다. 사람들의 피폐함이 깊어지는 곳이다.

린다는 카지노에 갈 때마다 만날 친구들을 상상하며 행복해했다. 매일 카지노를 가면서도 늘 설레던 모습이었다. 삶은 그렇게 순간을 즐기는 것이라며! 주말이면 카지노 친구들과 승마장, 고급 레스토랑을 함께 다녔다. 에그 컵(egg cup)에 담긴 달걀을 그때 처음 보았다. 수저와 포크의 다양한 종류와 사용법을 고급 레스토랑에서 직접 알려 주었다. 그녀는 내가 다양한 경험을 할 수 있도록 기회를 끊임없이 만들어 주었다.

이런 일도 있었다. 할머니는 운전을 거칠게 해서 보조석에 앉은 나는 손잡이를 꽉 잡고 있어야 했다. 노란색 신호등으로 바뀌어도 천천히 운전하는 법이 없었다. 차의 흐름은 끊는 게 아니라며 할머니는 늘 말했다. "무조건 고! 인생은 고(Go) 아니면 스탑(Stop)! 천천히(slow down)는 없어!" 거친 운전 때문에 늘 무서웠지만, 운전에서 발견한 삶의 철학은 짜릿했다. 멋진 그녀!

두 번째 뉴질랜드에 갔을 때였다. 5년 만에 다시 린다를 찾아갔다. 살던 곳을 찾을 수 없었다. 그녀를 찾기 위해 저녁 무렵 카지노로 향했다. 많은 것이 변해 있었다. 발 디딜 틈 없이 사람들로 북적였고, 음료는 전부 유료로 바뀌었다. 무엇보다 사람들 사이 대화가 없어졌다. 내가 알던 5년 전의 카지노가 아니었다. 무엇보다 룰렛에 있어야 할 그녀가 없었다. 살아 있다면 카지노를 안 다닐 사람이 아닌데 '혹시나?' 하는 안 좋은 생각을 했다. 그녀를 쉽게 찾을 것으로 생각했는데 그러지 못했다. 빽빽한 사람 숲을 누비며, 나이 들었을 린다를 상상하며 한 사람 한 사람 놓치지 않고 보고 또 보았다. 결국, 찾지 못했다.

다음 날 저녁, 다시 카지노에 갔다. 룰렛 앞은 사람들로 붐벼서 들어갈 틈이 없었다. 카지노 전체를 보고 또 보고 돌고 또 돌았다. 보이지 않았다. 포기하고 돌아서려는 순간, '아, 린다!' 뜻밖의 장소에서 그녀를 발견했다. 주 종목을 룰렛에서 블랙잭(blackjack)으로 옮긴 것이었다. 풍채가 많이 좋아져서 그녀를 못 알아볼 뻔했다. 게임 칩을 들고 있던 그녀와 나의 눈이 마주쳤을 때, 우리의 시간이 딱 그 자리에 멈춘 듯했다.

"앨리스? 오! 마이!"

우리는 반가움에 카지노가 떠나갈 듯 환호성을 질렀다. 그녀는 5년 세월이 무색할 정도로 여전히 화려했고 우렁찬 목소리로 소리쳤다.

"한국에서 앨리스가 나를 보기 위해 왔다!"

사람들은 떠나갈 듯 손뼉을 쳤다. 우리는 주목을 한 몸에 받는 스타가 되었다. 그날 밤이 새도록 지난 이야기를 나눴다. 삶의 한 부분을 멋쟁이 린다와 보냈다. 고맙고 고마운 나의 린다! 이제 다시 시간은 20여 년 가까이 흘렀지만, 그 기백 그대로 그 건강 그대로 잘 지내시길.

운이 좋았다. 세상 멋진 여자를 다른 세계에서 만나다니!

"Life is a game of chance and luck is our constant companion."

"인생은 우연의 게임이며, 운은 항상 곁에 있는 동반자이다."

3. 빡빡이 크라이스트처치 사서의 품격

"가장 특별한 순간들은 우리가 가장 예상치 못할 때 일어난다."

크라이스트처치 국제공항(Christchurch International Airport)에 도착했을 때 예상 밖 풍경에 놀랐다. 입국장이 강남고속버스터미널만큼이나 작았기 때문이다. 또한, 입·출국장의 사람도 셀수 있을 정도였다. 입국장을 나오자마자 한국 학생은 'ㅇㅇ유학원' 팻말을 든 담당자와 인사를 나누며 유유히 공항을 나섰다. 나는 부모 잃은 아이처럼 혼자 덩그러니 남아 있었다.

'누구의 도움 없이 처음부터 경험해 보리라.' 내가 선택한 길이었다. 당시 대부분 연수생은 미국과 캐나다를 선호했다. 그때 미국 환율이 900원, 캐나다는 700~800원, 호주는 700원대인데 뉴질랜드는 500~600원대였다. 가격도 저렴하고 한국 사람이 적은 곳에서 배우고 싶었다.

택시를 타고 시내 백패커 하우스(Backpacker Guesthouse)로 갔다. 낯선 도시에 처음 온 여학생이 다짜고짜 택시를 타다니. 20대 젊은 혈기 탓인지 아니면 타고난 천성 덕인지 낯선 길에 놓여도 겁이 없었다. 아마도 예측불허의 위험과 맞닥뜨려 보지 않았기 때문일 것이다. 세상은 내가 애쓰는 만큼 다가오고 원하는 만큼 보상받으리라 생각한 시절이었다. 그렇기에 무모한 도전이 가능했다.

백패커 하우스에 1주일간 예약하고 앞으로의 방향을 고민했다. '한국에서 더 준비하고 왔으면……' 하는 아주 약간의 후회도 있었지만, 이미 주사위는 던져졌다. 후회는 쓰레기통에. 응급 상황에 도움을 청할 곳은 정해 두어야 했다. 크라이스트처치 성당 앞에는 편의점이 있었다. 여주인은 한인 이민 1세였다. 그녀는 내가 갈 때마다 마치 딸처럼 반겼다.

'영어를 어떻게 배울 것인가?' 고민했다. 어학원은 비쌌고, 틀에 박힌 공부는 하고 싶지 않았다. 더구나 학생 70%는 한국 사람, 나머지 30%가 중국, 일본, 대만 사람이었다. 그때도 한국 교육열은 굉장히 높았던 것 같다. 키위(뉴질랜드 사람)들은 우리나라 사람들과는 다른 방식으로 소통했다.

방짝(룸메이트, roommate)을 구하거나, 사고팔고 하는 물물교환, 구인·구직 등 다양한 정보를 카페, 식당, PC방, 도서관에 있는 게시판(블루틴 보드, bulletin board)을 사용했다. 그 게시판에 언어교환(language exchange) 광고를 붙여야겠다고 생각했다.

한국에 관심 있는 키위와 영어로 대화하며 한국을 알려 주겠다는 내용이었다. 도서관 출입구 게시판에 '구함' 공지를 붙이려고 사서에게로 갔다. 사서는 주로 여자인데, 그날은 남자가 앉아 있었다. '마이클(Michael)'이란 이름표를 달고 있었다. 빡빡머리에 광채 나는 얼굴을 가진 멋진 남자였다. A4용지를 내밀며 게시판에 붙일 수 있는지 물어봤다. 그가 읽어보더니 '언어교환'을 본인이 하면 안 되겠냐고 물었다. '와! 웬떡!' 네 잎 클로버가 걸어서 내게로 왔다. 내가 마다할 이유가 없었다. 마이클이 퇴근 후에 도서관 가까운 커피 가게나 도서관 앞 강둑에 앉아 이야기를 나눴다. 주로 영어로 말을 나누었으니 나에게 이득이 더 컸던 거래였다.

그는 "Make Sense? How have you been?"이란 말을 자

주 썼다. "이해되니?"의 "Make Sense?"였다. 초보적인 것을 거듭 물어도 한결같이 웃으며 자세히 대답해 주었다. "How have you been?"은 문법책에서 배웠던 현재완료 문장이었다. 현재완료는 완료, 결과, 경험, 계속을 나타낸다고 배웠다. 그가 물을 때마다 '경험인가? 완료인가? 무엇을 묻는 거지?' 생각했던 문장이었다. 글로 배운 영어와 말로 배우는 영어에 충돌이 일어나는 순간이었다. 시간이 흐르고 나서야 그런 문법적 해석 없이도 "어떻게 지냈어?"인 줄 알게 되었다. 그는 같은 말을 반복하면서 영어 노출량을 늘려 주었다. 왈가닥 여자의 노력에 응답해 준 빡빡머리 남자의 순수한 배려가 고맙다.

"Sometimes the most extraordinary moments happen when we least expect them."

"가장 특별한 순간들은 우리가 가장 예상치 못할 때 일어난다."

4. 공항의 영어 공부 친구,
일본 사람 이꾸꼬

"오겡끼 데쓰까(お元気ですか)~ 도꼬 이꾸노(どこいくの)?"

크라이스트처치에 하루 1달러에 영어 공부할 수 있는 곳이 있었다. 돈 없는 학생들에게 유명했다. 번듯한 건물은 아니어서 학교라고 하기에는 어려웠다. 하지만 배움이 존재하면 어디든 학교다. 교실 두 개와 간식을 먹을 수 있는 휴게실이 전부였다. 전교생이라야 20명이 채 안 되었지만, 시스템은 정확히 있었다. 교장 선생님과 선생님도 있었다. 나이가 지긋한 교장 선생님은 돈보다는 '가치와 소명'을 따라 그 학교를 운영했다.

선생님들은 관광 취업비자(워킹홀리데이, working holiday)로 일했다. 주로 영국인이었는데 너무 다정해서 그들 삶에도 애니메이

션 〈인사이드 아웃(Inside Out)〉의 '버럭이가 있을까?' 궁금했다. 수업이 끝나고도 학생들과 함께 시간을 보냈다. 우리는 여기저기 많이 다녔다. 마치 영화 〈캡틴 판타스틱(Captain Fantastic)〉의 아빠가 아이들을 데리고 여행을 떠나는 느낌이었다.

그곳에서 귀요미 일본 사람 이꾸꼬(いくこ)를 만났다. 나보다 서너 살 아래였지만, 나이 차이가 무색하게 죽이 잘 맞았다. 그녀는 만날 때마다 "도꼬 이꾸노(어디가)?"를 외쳤고 나와 친구들은 언제나 "어느 곳이든!" 말했다. 덕분에 잊지 못하는 일본어는 "오겡끼 데쓰까(お元気ですか), 도꼬 이꾸노(どこいくの)?" 이다. 낙엽 밟는 소리만 들어도 서로 좋아 죽는 시절이었다. 잘생긴 일본인 남자친구 켄지(けんじ)도 있었다. 요리를 못하는 나는 작은 모임이 있을 때마다 친구들이 좋아하는 김밥을 쌌다. 지금 불고 있는 'K-김밥'의 원조가 아닐까? 다른 나라 사람들이 먹기 좋게 꼬마 김밥도, 대왕 김밥도 만들어 보았다. 일본 마끼(まき)와 비슷하지만, 친구들은 K-김밥을 좋아했다.

재미난 일은 지구 반대편 밴쿠버(Vancouver)에서 일어났다. 어느 날 밴쿠버 시내를 걷고 있는데 저 멀리 낯익은 한 남자가 걸어오고 있었다. 내가 아는 사람이 타국에 있을 리가 없었다. 알 듯 모를 듯 설마 하면서 몇 초가 흘렀다. "어어~" 하고 지나치려는데 그도 "어어~" 하며 고개를 돌렸다. 우리는 눈빛을 마주치자마자 순식간에 과거로 돌아갔다. 크라이스트처치의 '켄지'였다.

이 얼마나 작은 세계인가! 'What a small world!' 뉴질랜드에서 함께 어울리던 그를 망망대해 태평양 건너 캐나다의 밴쿠버 길거리에서 마주치다니! 믿을 수가 없었다. 서로 바쁜 일정이 있던 우리는 반가움을 뒤로하고 헤어졌다. 언젠가 또 다른 우연이 우리를 어느 골목으로 이끌게 되겠지.

뉴질랜드에서 이꾸꼬와 많은 시간을 보냈다. 여행을 좋아하던 우리는 시간만 나면 버스를 타고 공항에 갔다. 마치 시내 관광(시티투어, city tour)버스를 타고 구경하는 관광객 느낌이었다.

익숙한 길이어도 날마다 새롭고 날마다 다르게 보였다. 남섬의 관문 크라이스트처치 공항은 언제나 젊은 인파들로 북적였다. 우리는 궁금한 것들을 영어 설문지로 만들어 입국장에 들어오는 외국인에게 다가가 물었다. 같은 내용으로 매일 질문과 답을 쌓아갔다.

"이 설문을 마치는 게 오늘 숙제인데 질문에 응해 주시겠어요?"

말을 건네며 외국인들에게 싱글 생글 웃으면 다가섰다. 이쁘고 애교가 많았던 이꾸꼬 옆에만 있으면 하루에 20번 이상 같은 대화도 거뜬했다. 그렇게 묻고 듣고 또 듣고 말하기를 반복했다. 즐거움과 웃음으로 가득했던 시간이었다.

어느 날 이꾸꼬가 남섬 여행을 제안했다. 그녀와 그녀의 친구 둘과 나 그렇게 여자 넷이 차를 빌려 떠났다. 자연의 아름다움, 위대함, 경이로움! 하늘에서 가장 가까운 천국이 뉴질랜드라는 말이 있다. 그만큼 자연으로 축복받은 땅이다. 우리는 자연과 수다를 즐기며 속도를 잊은 채 교대로 운전했다.

그런데 갑자기 앞쪽에서 불쑥 나타난 경찰이 우리 차를 세웠다. 속도위반이라는 것이다. 경찰은 운전석 친구에게 벌금 딱지를 떼려고 여권을 요구했다. 차 안에 있던 국적이 다른 여자 셋이 속도제한이 있는 줄 몰랐다며 한 번만 봐달라고 서로 다른 억양으로 매달렸다. 뉴질랜드 경찰은 단호했다. 공무집행 방해죄로 모두 벌금을 부과하겠다고 했다. 셋은 조용히 차 안으로 다시 들어갔다.

로마에서는 로마법을 따라야 하는 게 맞다. 결국, 운전한 친구만 벌금 딱지를 받았고 우리는 1/4로 나눠 내기로 했다. 그이후로 아무리 차가 없는 시골길에서도 법정 속도를 지켜 가며 운전했다.

이런 일도 있었다. 린다(Lynda)를 보기 위해 두 번째로 뉴질랜드에 방문했을 때이다. 오고 가는 차를 볼 수 없는 한적한 도로에서 규정 속도 50km/h를 어기지 않고 달리기는 참 어렵다. 하지만 로마법을 지키기 위해 '법정 속도, 법정 속도'를 되뇌며 시골길을 운전했다. 갑자기 경찰차가 사이렌을 울리며 쫓아왔다.

'어! 어어……. 이상하다! 속도를 잘 지켰는데……. 이 도로에선 다른 뭐가 있나?'

차를 길가에 세우고서야 그 이유를 알았다. 너무 천천히 달려 뒤따르는 차들이 밀려 차량 정체가 있었다. 내가 비켜서자 갑자기 차들이 '쌩~' 하고 달려갔다. 놀라운 건 그렇게 밀리는 동안에도 아무도 경적을 울리지 않았다는 것이다. '이런

게 선진국이구나. 미숙한 운전자를 이렇게 배려하는구나.' 경
찰은 딱지 대신 조금만 빨리 가라고 알려 주러 온 것이었다.

"Traveling is the symphony of souls, and airports
are the orchestras where the harmonies of cultures,
languages, and stories converge."

"여행은 영혼의 교향곡이며, 공항은 문화, 언어, 이야기가
어우러지는 오케스트라이다."

5. 슈퍼맨 불가리안 의사, 이반

"삼국시대와 김수로 왕에 대해 알고 싶어요."

스탠리파크(Stanley Park)는 밴쿠버에서 꼭 방문해야 하는 대표적 장소다. 뉴욕의 센트럴파크(Central Park)보다 크고, 수많은 요트가 펼쳐진 밴쿠버항을 끼고 있다. 바다와 도시의 조화가 마치 영화 촬영장처럼 자연스럽고 아름다운 곳이다. 공원에는 여러 테마파크가 있다. 커다란 수족관 따위를 다채롭게 갖춘 아쿠아리움(aquarium), 우리나라 장승 같은 것들이 모여있는 '토템 폴(Totem Pole)' 같은 곳들이다. 스탠리파크는 하루에 여행하기에 모자랄 정도로 어마하게 큰 공간이다.

진아, 혜경, 그녀의 아들 셋 그리고 혜준이와 그 공원에 처음 놀러 갔다. 우리는 각자 아이들 한 명씩을 데리고 놀다가 1시간 뒤에 '만남의 장소' 앞에서 모이기로 했다. 그때까지는 그곳의 크기를 알지 못했다. 그저 '파크'이니 동네 '공원' 정도로 생각했다. 나는 진수와 파트너가 되었다. 하지만 나는 그 아이가 지병이 있는 줄 몰랐다. 큰 실수였다.

우리는 당시 유행하던 인라인스케이트를 탔는데, 진수와 나 둘 다 서툴렀다. 그래도 우아한 첫 출발은 아름다운 늦가을 경치에 그럴듯하게 어울렸다. 이대로 멋지게 마지막 장면까지 찍을 줄 알았다. 막 출발하려는 찰나 나는 발목을 삐끗했지만, 동네 공원이니 금방 돌아올 줄 알았다. 진수도 넘어지면서 멈추지 않고 꾸역꾸역 인라인을 탔다. 난 발목이 아파 스케이트를 벗어 든 채 맨발로 진수와 보조를 맞췄다. 칭얼거리며 인라인을 타는 아이와 한쪽 어깨를 내주며 스케이트를 들고 뒤뚱뒤뚱 걷는 어른! 생각만 해도 아슬아슬했다.

약속 시각이 다가오고 돌아가야겠다고 생각했다. 하지만 그럴 수 없음을 알았다. 길을 잃은 것이다. 길과 이정표가 보이지 않았다. 그때 진수의 행동이 이상해지기 시작했다. 바다를 끼고 있는 공원이어서 냉기가 맴돌고 있긴 했지만, 그가 몸을 부르르 떠는 것은 단순히 추위 때문만은 아니었다. 얼굴이 하얗게 변하고 눈은 초점을 잃고 흐려지기 시작했다. 그는 이상한 소리를 내며 숨이 가빠지더니 부르르 몸을 떨었다. 곁으로 달려갔지만 무엇을 어떻게 해야 할지 몰랐다. 중요한 건 핸드폰이 없던 시절이라 부모에게 돌발 상황을 알릴 방법이 없었다는 것이다.

바로 그때! 한 남자가 우리 앞에 섰다. 마치 슈퍼맨(Superman)이 자전거를 타고 나타난 것 같았다. 그는 무슨 일이냐고 물었다. 내 답이 떨어지기도 전에 그의 눈은 진수를 포착했고, 곧바로 응급조치에 들어갔다. 옷을 벗어 진수를 덮어씌우고는 아이를 자전거 뒤에 태웠다. 나에게 들은 '만남의 장소'까지 쫓아오라고 했다. 그는 투르 드 프랑스(Tour de France) 선수처럼 달렸다.

나는 양손에 두 사람 스케이트를 들고 맨발로 달렸다. 뛰면서 진수만 무사히 언니에게 데려다주기를 단군 할아버지, 하나님, 부처님, 알라신, 공자, 맹자에게 빌었다. 내가 언제 그런 축지법을 익혔던가. 다행스럽게 아이가 심각해지기 전에 도착했다. 그는 진수를 엄마에게 넘겨주었다. 시간이 흐르고 아이가 안정을 되찾자 모든 것이 제대로 보이기 시작했다. 그제야 이름도 모르던 그에게 고마운 마음을 표했다.

그는 불가리아(Bulgaria)에서 이민 온 치과의사 이반(Ivan)이었다. 이민 온 지 얼마 안 된 취업준비생이었고 남은 가족들을 이민시키느라 바쁜 시간을 보내고 있었다. 잠시 스탠리파크에 운동하러 나왔다가 우리를 만난 것이었다. 그는 두 사람의 생명을 살린 영웅이었다. 보답하고 싶었으나 그는 극구 사양했다. 그러면서 그가 꺼낸 말은 놀라움 그 자체였다. 한국 역사에 대해 관심이 많은데 배울 길이 없다며 특히 '삼국시대와 김수로왕'에 대해 가르쳐 달라고 했다. 그는 당장 한국사 시험을 쳐도 2급은 쉽게 받을 수 있을 것 같았다. '꺄악!' 학창 시절에 책을 덮고 지낸 걸 땅을 치며 후회한 순간이었다. 진수의 발작으로 간 떨어질 뻔했던 날이 운수 좋은 날이 되었다. 인연은 그렇게 어디에나 있다.

6. 잘 죽기 위해 태어난 신부님, 패트릭

🏍️

"미스터 테레사 님! 고맙습니다."

학생들과 국내, 캐나다, 뉴질랜드, 필리핀 등 다양한 캠프에 참여했는데 그중 필리핀의 인기가 폭발했다. 몇 가지 이유가 있다. 첫째, 원장인 내가 직접 아이와 24시간을 함께 지내고 떨어져 있는 부모님에게는 매일 연락했다. 둘째, 현지 선생님과 아이에 대해 상담했다. 셋째, 부족한 영역을 즉각 채우게 하는 행동력이 있었다. 그래서 한 달이라는 짧은 기간에도 학생의 성장이 눈에 보이니 단연 필리핀 캠프가 최고였다.

해발고도가 높은 따가이따이(Tagaytay) 지역은 마닐라(Manila)

처럼 덥지 않고 평균기온이 24도인 선선한 가을 날씨를 유지했다. 달리기 좋아하던 나에게는 '부스터(booster)'를 달아 준 셈이었다. 달리기, 수영, 멍때리기, 아이들 관리, 소식 전하기 등이 하루를 보내는 나의 주된 일이었다. 현지 원장은 날마다 학원에만 갇혀 지내는 나에게 "골프 가자, 쇼핑 가자." 등 많은 일을 제안해 왔지만, 골프는 관심 밖이었고 쇼핑은 아이들만 두고 나갈 수 없었다. 학생들의 응급 상황에 대비하여 1분 거리에 있고 싶었다.

학원은 주로 1:1, 1:4로 공부할 수 있는 작은 공간이 붙어 있었다. 그곳 학생의 대부분은 한 달 정도 공부하러 왔다. 주로 13세 미만 아이들이 대부분이었다. 그런데 그곳에 성인 남자가 하나 있었다. 이름은 패트릭(Patrick)이다. 아르헨티나에서 온 신부님이었다. 신부님은 인자하게만 생겨야 하는데 그는 잘생기기까지 했다.

어느 날 "인간은 어디서 왔는가?"란 질문에 그 답을 찾다가 하느님께 귀의했다고 했다. 이탈리아에서 '신부과정' 수업을 받고 직위를 받았다. 모든 과정이 끝나면 특정 지역에 발령 또는 지원하는데, 그는 대개의 신부가 꺼리는 지역인 필리핀 민다나오섬(Mindanao Island)에 지원했다.

민다나오는 2024년 현재까지도 정부 · 군과 이슬람 반군의 간의 갈등이 이어지는 곳이다. 필리핀 사람의 종교는 대부분 가톨릭이지만 민다나오 사람들은 대개가 이슬람이다. 선교 활동을 하던 패트릭 신부님의 친구도 그 반군의 총에 죽었다. 그 사건 이후 지원하는 신부가 없어 그 지역이 공백으로 남았다. 그는 "어차피 죽음을 맞이한다면 선교하다가 죽는 게 꿈"이라며 위험 지역인 민다나오를 택했다.

신부님은 동네 이곳저곳을 소개했다. 나무로만 하늘빛을 가리며 사는 하층민의 집부터 두세 명의 경호원이 지키고 있는 으리으리한 저택까지! 지나치는 집마다 인사를 나누며, 누구랄 것 없이 허물없게 지냈다. 그렇게 여러 사람의 삶에 스며든 그분을 다시 보게 되었다. 오직 하나님의 뜻대로 자신을 헌신한 마더 테레사(Mother Teresa)를 존경했지만, 그때 나는 살아 있는 '미스터 테레사' 패트릭 신부님을 존경했다.

"Spread love everywhere you go. Let no one ever come to you without leaving happier."

"당신이 가는 곳마다 사랑을 퍼뜨리세요. 누구도 당신에게 와서 행복하지 않게 떠나지 않도록 하세요."

- Mother Teresa

패트릭 신부님

나는 오늘도 행운을 만든다

7. '매듭을 넘어!
Beyond knot!'

"남자는 하늘, 여자는 땅! - Nope!"

우리 부부는 170도 다르다. MBTI(마이어-브릭스 성격 유형 지표, 'The Myers-Briggs Type Indicator'의 줄임말)도 정반대다. ESFP 대 INTJ. 그의 집을 처음 방문했을 때 무척 놀랐다. 도서관이라도 해도 믿을 만큼 온통 책뿐이었다. 내 집에는 책 빼고 다 있었다. 그는 항상 책을 곁에 두었고 난 텔레비전만 곁에 두었다. 그는 우아하다. 난 '우아' 하고는 거리가 멀다. 그는 회의적이지만 난 낙천적이다. 그는 '슈퍼 I'이고, 난 '슈퍼 E'이다. 그는 이론이 중요하고 난 경험이 중요하다. 모터사이클을 처음 배울 때, 그는 오토바이 구조와 작동 원리부터 배웠고 난 먼저 시동 걸고 앉아 보고 넘어지면서 배웠다. 그는 한 번도 다치지 않았다. 난 몇 번을 넘어지며 무릎, 팔목, 발목 부위에 작은 부상이 있었다. 운이 좋아 크게 다치지는 않았다. 감사한 마음에 사고 후에는 '모터사이클 라이딩 아카데미'도 다녔다. 그는 원칙주의자다. 시골에서도 건널목으로만 건넌다. 난 그때그때 다르다. 주로 차가 없으면 그냥 건넌다. 다르다. 달라도 우리는 아주 다르다.

나는 늘 지덕체(智德體)를 골고루 갖춘 사람을 만나고 싶다며 입버릇처럼 말해 왔었다. 세상에 없을 줄 알았던 그 이상형이 같은 하늘 아래에 있었다. 사람들은 우리에게 가정에서 남녀 역할이 바뀌었다고 말한다. 우리는 남녀이기 전에 사람이다. 영화 〈암살〉에 나오는 안옥윤(전지현 역)도 여자 독립군이다. 제주도 거상 김만덕도 여자다. 타고난 능력대로 사는 것이다. 성별에 따라 재능이 다른 건 아니다. 그냥 사람이 다른 재능을 가지고 태어난 것이다. 우리는 함께 살기로 했다.

'매듭을 넘어! Beyond knot!'이라고 명명했다. 남자와 여자 또는 남편과 아내의 틀이 아니라 매듭 저 너머로 초월하자는 의미다. 둔촌동 카페 옥상에서 '매듭을 넘어! Beyond knot!'

행사를 치렀다. 직계가족과 절친들만 모시고 소소하게 했다. 내 이름을 앞에 두었다. 남자 이름을 먼저 넣는 고정관념이 없었다. '남자는 하늘, 여자는 땅'이라는 교육으로 살아온 우리 세대이기에 그 신선함이 좋았다. 그와 나는 평등하다. 그의 최고 장점은 법 앞에 만인이 평등하듯 사람을 평등하게 대하는 것이다. 늘 '강자 선망'으로 살아오던 나에게는 놀라운 세계관이었다.

공부 재능이 있는 사람은 공부하는 것이고 다른 재능이 있는 사람은 다른 직업을 택했을 뿐이다. 자신의 길에서 최선을 다한 것으로 평가를 받아야지 직업의 차이로 차별해서는 안 된다는 것이다. '모든 일은 평등하게 존중받아야 한다.' 그 말을 이론적으로는 이해하나 내 안에 잠재된 선입견과 편견들은 옳지 않은 행동으로 나타나기도 했다. 한때 흑인 선생님보다 백인 선생님을 선호하는 건 같은 이유에서일 것이다.

그가 참지 못하는 건 귀천이 아니라 불공정과 불공평이다. 파리(Paris)의 몽마르트르 언덕(Montmartre Hill)에서 있었던 일이다. 내려오는 길에 실 팔찌를 파는 세네갈 이민자를 만났다.

행운을 준다는 팔찌를 2유로에 샀다. 당시 파리 하룻밤 숙소가 8유로 정도였으니 비싼 가격이었다. 아프리카 이민자를 위해 그 정도는 괜찮다고 생각했다. 하지만 그 이민자는 돈을 더 요구했다. 검고 덩치 큰 이민자가 크고 무섭기도 하면서 불쌍하기도 해서 돈을 더 주려고 했다. 내가 지갑을 열려고 하자 호구 잡았다는 듯 근처에 있던 세네갈 사람들이 떼거리로 몰려왔다. 동전 말고 지폐를 달라고 했다. '지폐'면 10유로, 20유로를 말하는 것이다. 그때 영어가 안 되는 그가 한국말로 그들에게 호통쳤다. 정말 기차 화통을 삶아 먹은 줄 알았다.

"사람이 호의를 호의로 받아야지. 팔찌 풀고 도로 가져가!"

세네갈 패거리들도 기대와 거리가 멀었던 그의 행동에 수그러들었다.

"오케이……! 오케이……!"

그러면서 그들은 사라졌다. 그들도 강자에게 강하고 약자에게 약한 것이었다.

'와우!' 멋졌다. 그는 돈을 덜 주고 더 주고 하는 게 문제가 아니라고 했다. 규정에서 벗어나 더 주기 시작하면 다음 한국인에게는 돈을 더 요구하고 다음에는 그것을 당연하게 여길 것이라고 했다. 착한 게 아니라 호구로 여긴다는 것이다. 선의는 선의를 선의로 받아 주는 사람에게만 베풀라고 했다. 나의 선의가 다른 누군가의 피해로 이어질 거라고는 생각하지 못했다. 단 한 번도 생각해 보지 못한 사고방식이었다.

40대 중반을 넘길 때였다. 내 삶이 여유롭지 않을 때 자립 청소년을 위한 재단을 만들고 싶었다. 큰돈이 들어가는 일이었다. 주머니는 가벼웠으나 열망은 컸다. 나는 그에게 대출받아 해 보고 싶다고 물었다. 그는 선뜻 응해 주었다. "네가 일궈 온 삶이고 너의 뜻인데 그걸 왜 내게 허락을 받아?"

여러 일로 인해 그 재단은 세상에 나오질 못했지만 한 가지 분명한 것을 발견한 계기였다. 내가 하고 싶어 하는 일을 나 못지않게 응원하는 동지가 있다는 것을. 지금도 그 꿈을 꾸고 있다.

엄마에게도 더없이 좋은 짝이었다. 엄마는 집안 버팀목인 첫째 사위와 과묵한 둘째 사위를 어려워했다. 우리가 찾아갈 때마다 기다렸다는 듯 손이 필요한 일들을 쏟아 놓았다.

"강 서방! 옥상 좀 올라가서 호박넝쿨 지지대 좀 만들어 주게나."

"강 서방! 세탁기에 소리가 나는데 좀 봐주게나."

"강 서방! 수도가 언 것 같네. 왜인지 알 수 있나?"

"강 서방! 장독 좀 파세."

"강 서방! 강 서방!"

녹음기를 틀어 놓은 줄 알았다. 이것 해 달라, 저것 해 달라. 평생 남에게 부탁 안 하고 사는 엄마였는데 막내 사위는 예외였다. 김장할 때도, 옥상의 정원을 만들 때도, 집 뒤꼍에 장독을 묻을 때도, 대문이나 벽을 타고 올라가는 꽃 가지 치기할 때도……. 강 서방을 연신 찾았다. 대부분 사람은 백발인 그를 편하게 여기지 않았는데, 엄마는 그를 편하게 생각했다. 엄마가 한 달간 입원했을 때도 날마다 그 옆에서 책을 읽으며 아무 말 없이 옆을 지키고 있던 사람도 강 서방이었다. 하늘에 있는 아빠가 '엄마와 나에게 보낸 선물이 아닐까?' 생각했다.

함께 있어 주어서 고맙습니다.

Beyond Knot

"나는 80점짜리 가정에서 태어나 80점짜리 인생을 사는데,
문희 너는 20점짜리 가정에서 태어나 90점짜리 인생을 살고 있어.
미래의 별을 키우고 있는 앨리스! 언제나 너의 선택을 믿어!"

8. 50대에
중등 검정고시

🏍️

"운이 좋았다. 누군가의 한을 풀어 줄 수 있어서!"

대학 1학년 때 야학에서 어른 학생을 가르쳤다. 나는 열아홉 살이었고 학생은 20대 또는 30대였다. 어려운 가정 형편으로 학교 대신 공장을, 학창 시절 대신 사회생활을 먼저 시작한 노동자들이었다. 나와 다섯 살, 열 살 차이인 그들은 나에게는 큰 어른이었다. 대학교를 졸업하고, 정말 '큰 어른' 학생을 만났다.

나는 20대 중반 사회초년생이었고, 그녀는 50대 중반 여사님이었다. 1945년생으로 엄마와 비슷한 나이였고 그녀 아들은 나와 동갑이었다. 남편은 전기 회사를 운영했고 아들은 S대를 다녔다. 당시 나는 대기 학생이 많은 인기 과외 교사였다. 먼발치에서 우연히 나를 보고 자기의 비밀을 터놓고 싶다고 찾아왔다. 도움을 청했다. '안면도 없던 분이 나에게 털어놓을 만한 비밀이? 뭐 하나 부족한 것 없는 분이 나에게 무슨 도움을?' 짐작이 가지 않았다.

상담 첫날 그녀는 나에게 속삭이듯 비밀을 털어놨다.

"선생님…… 저 국민학교만 나왔어요. 영어의 알파벳도 모르고, 수학의 곡선·직선도 모르는데 누구에게도 말할 수 없어요. 남들은 제가 여대 나온 줄 알아요. 말을 하면 무식이 탄로 날까 봐 조용히 살고 있으니 지레짐작해서 여대를 나왔다고 생각해요. 그것을 반박하고 싶지 않아요. 그러려면 또 말을 해야 하니까요. 배움에 대한 갈망이 있어요. abcd도 배우고 싶고 분수도 배우고 싶어요. 저 공부하고 싶어요. 선생님이 워낙 성격 좋다는 소문이 있어서 용기 내어 찾아왔어요."

세상에나! 엄마뻘 되는 어른을 학생으로 맞이해야 한다니……. 감동이었지만 경험치가 없어서 걱정되었다. 나의 엄마는 '국민핵교' 중퇴이고 그분은 '국민학교' 졸업. 엄마는 하루 벌어 하루 먹고살기 빠듯한데 여사님은 '공부의 한'을 풀고 싶어 한다. 도전해 보고 싶었다. 그 간절함에 내가 답해 주고 싶었다.

1994년이 저물어 갈 때쯤 공부를 시작했다. 중졸 검정고시를 위해 영어, 수학, 사회, 과학을 가르쳤다. 대학 졸업 직후라 그리 어렵지 않았다. 그 어머니 학생은 b를 외우면 a를 잊고, c를 외우면 a, b를 잊는다며 스프링 공책에 'a, b, c'로만 한 면을 다 채운 적도 있었다. 열정에 감탄하지 않을 수 없었다. 평행사변형의 넓이 공식을 외우기 위해 수백 번을 쓰시기도 하였다. 세 줄짜리 문제를 읽고 이해하는 데 수십 분이 걸렸다. 하지만 시간이 흐를수록 문제에 동그라미가 늘어 갔고 조금씩 얼굴이 밝아졌다. 외우는 게 힘들어서 포기할 만도 한데 날마다 즐겁다고 하였다. 죽어도 한이 없다고 했다.

그녀의 남편은 아내가 잠도 안 자고 공부한다며 "제발 잠 좀 자라."라며 혼내기도 했다. 그런 날은 이불을 뒤집어쓰고 손전등을 켜 놓고 공부했다면서 다음 날 삐뚤빼뚤하게 수십 번을 쓴 노트를 가지고 왔다. 그러면서 말했다.

나는 오늘도 행운을 만든다

"너무 행복합니다. 기회를 주셔서 정말 감사합니다."

그해 중학교 졸업 검정고시에 합격하였다. 그 어른은 펑펑 울었다. 선생님이 소원 풀어 주셨다며 상여금도 두둑이 주었다. 그 학생은 멈추지 않고 전진했다. 얼마 뒤 고등학교 졸업 검정고시도 합격했다.

이후 내가 뉴질랜드에 있을 때, 메일이 왔다.

"선생님, 국제전화 할 수 있으면 전화 부탁드려요."

전화기 저편 너머에서 떨리는 목소리가 들려왔다.

"선생님, 저 야간 대학 국문과 입학했어요. 공부의 포문을 열어 주셔서 진심으로 감사드립니다."

본인이 뼈를 깎는 노력으로 얻은 결과인데 그녀는 먼저 내게 감사 인사를 드리고 싶었다고 했다. 바라는 삶을 향해 위풍당당 나아가는 어른을 가까이서 볼 수 있었던 내가 더 한없이 고마운데도 말이다.

'어머님! 지금도 그때처럼 멋지게 또 다른 꿈을 위해 걷고

있을 거라 믿어요. 그때 제 곁으로 와 주셔서 고맙습니다.'

운이 좋았다. 누군가의 한을 풀어 줄 수 있어서!

나는 오늘도 행운을 만든다

Chapter 5

우리는
꼭 다시
만나야 해요

1. 이별까지
꼭 한 달

🏍️

"그 똥도 맛있게 먹을 수 있을 것 같았다."

새벽에 울리는 전화가 희소식인 경우는 없다. 그날의 벨
소리도 그랬다. 엄마였다. "갑자기 허리가 너무 아파 기어갈
수도 없어. 병원 좀 데려가 줘."라고 울부짖으며 빨리 자기를
서울로 데려가 달라고 했다. 엄마가 그렇게 부탁한 적도, 울
며 소리치는 것도 처음이었다. 그것이 엄마의 마지막 부탁이
기도 했다.

작은언니가 구급차를 타고 제천에서 함께 올라왔다. 둔촌
동 '달려라병원'에서 정밀 검사를 하고 의사를 마주했다. 큰
병원으로 가 보라고 했다. 다시 달려간 아산병원 응급실에서
는 "외상이 없다."라며 받아 주지 않았다. 돌고 돌아 강동성심

병원 응급진료센터에서야 병상을 얻을 수 있었다. 엄마에게 다량의 진통제를 투하한 뒤 담당 의사는 호스피스 병동으로 병실을 배정했다. 그땐 '호스피스'가 어떤 의미인지 몰랐다.

　－ 죽음이 가까워져 온 환자에게 목숨 연명 대신 평안한 임종을 맞이할 수 있도록 준비를 돕는 봉사활동, 라틴어 "Hospes손님"에서 유래한 말로 성지순례자들이 하룻밤을 쉬어 가는 곳.

위암 4기! 암세포가 척추에까지 전이되었다. 의사는 그동안 엄마가 그 통증을 어떻게 견뎠는지 이해 가지 않는다고 했다. 그렇게 엄마는 참을 만큼 참고 견디다 마지막 순간에 나에게 전화한 것이다. 엄마의 시간이 한 달 정도밖에 남지 않았다고 했다. 같이 밥 먹고 떠들며 하룻밤을 보낸 것이 바로 지난 주말이었는데 그렇게 멀쩡하던 엄마였는데, 한 달이라니! 여명을 언급하는 그 의사의 입을 찢고 싶었다.

여자 혼자 4남매 키우느라 평생 고생만 해 온 불쌍한 엄마! 좋은 시절 한 번 열어 줄 기회조차 주지 않는 세상이 싫었다. 엄마는 입원하면서부터 급속도로 나빠졌다. 좋아하던 음식조차 단 한 번도 먹지 못했다. 물조차 마시지 못했다. 까닭을 알 수 없었다. 거즈에 물을 묻혀 혀에 적셔 수분을 공급해야 했다.

혀가 말려 기도가 막힐 뻔한 적도 여러 번이었고, 섬망 증세로 새벽에 병실을 뒤집어 놓거나 자해하는 일도 여러 번 있었다. 영양제, 수면제, 강도가 센 마약 진통제로 목숨을 지탱했다.

새벽에 달려가 엄마를 부둥켜안고 엉엉 울었다. 불쌍한 우리 엄마 '이석자!' '고생 끝에 낙이 온다.'라는 말은 다 거짓말이었다. 고생만 하면 끝에는 망가진 몸과 죽음만이 기다리고 있을 뿐이었다.

많은 사람이 번갈아 문병을 오고 심지어 전세 버스를 동원해 한꺼번에 수십 명이 찾아오기도 했다. 모두가 엄마의 안부를 걱정했고 더 자주 보고 싶어 했다.

'우리 엄마! 잘 살아왔네!'라고 나는 생각했다. 하지만 엄마는 누가 찾아오는 것을 싫어했다. 환자복을 입고 누워 말할 수도 없는 자신이 누군가에게 기억되는 것이 싫었던 것 같다. 북적이는 사람들에 취해 잠시 엄마의 마음을 헤아리지 못한 행동이 지금도 죄스럽다.

그 미운 의사의 말이 틀리지 않는 현실이 되는 게 무서웠다. 엄마는 결국 한 달 하고 엿새째 되는 날 아빠를 만나러 갔다.

엄마의 마지막 순간이 지금 일어나고 있는 일처럼 생생하다. 엄마는 한 달여 동안 변을 보지 못했다. 관장하기로 한 날 아침, 엄마는 새 똥같이 몇 알을 쌌다. 너무 이쁘고 소중한 엄마 똥 알이었다. 부모는 갓 난 자식이 너무 이뻐 똥도 먹을 수도 있다는 옛말이 있다. 나는 엄마의 삶을 1초라도 늘릴 수 있다면 그 똥도 맛있게 먹을 수 있을 것 같았다.

관장이 아니라 자연 배변으로 이제 건강이 나아지리라는 생각에 기분이 좋았다. 하지만 점점 식어 가는 다리가 이상했다. 출근하지 않고 엄마 곁을 지켰다. 체온이 떨어지니 장판의 불을 최고로 올리고 엄마의 몸을 구석구석 주물렀다. 엄마랑 행복했던 일, 말하지 못했지만 감사했던 일, 엄마가 들으면 기뻐할 것 같은 일들을 귀에 대고 끊임없이 속삭여 줬다. 사람은 죽을 때까지 청각이 열려 있다는 말을 간호하면서 들은 적이 있기 때문이었다.

분명 오전에는 엄마가 눈을 깜빡이며 "응, 응, 응." 소리로 수다에 응해 주었다. 나의 손도 잡아 주었다. 간병인 이모와 늦은 점심을 하려고 보조 의자에 앉았다. 엄마에게 "문희 이제 점심 먹는다." 말을 건네고 고개를 돌리는데 아무런 반응이 없었다. 그렇게 엄마는 내 곁에서 나를 지켜보며 말없이 조용히 떠났다. 유달리 "엄마! 엄마!" 하면서 껌딱지였던 나! 무엇보다 나의 엄마라서 너무 좋았던 당신은 그렇게 떠나 버렸다.

임종 징후가 있었다면 가족들을 부르고 마지막 시간을 함께 나누었을 텐데 멀리서 달려올 딸, 아들이 힘들까 봐 근처에 있는 나에게만 의지하고 떠났다. 나 혼자 오롯이 간호사 실에서 엄마의 사망 선고를 받았다. 사망진단을 내리는 의사의 차가운 느낌이 엄마의 몸에도 나타났다. 무서웠다. 엄마 없이 살아갈 세상이 짚이지 않았다. 침대에 차가워진 엄마를 눕히고 조카와 함께 제천으로 갔다.

구급차 안에서 보니 엄마의 입술은 파래졌고 몸은 점점 굳어졌다. 불현듯 그녀의 일부분을 가지고 싶었다. 그녀가 흙으로 돌아가면 아무것도 가질 수 없다. 기사님에게 의료용 가위를 얻어 엄마의 머리카락을 몇 올 잘랐다. 그렇게 내 품에 엄마의 일부를 간직하고 싶었다. 아직도 그 머리카락은 내 보물 1호이다. 내가 어디를 가든 항상 같이 있다. 동생에게 엄마를 인계하면서부터는 기억이 나지 않는다. 장례식 동안 잠시 눈 뜬 기억이 있는데 엄마를 찾다가 근처 응급실에 실려 갔다.

엄마가 떠난 뒤에는 끝 모르게 앓았다. 엄마의 부재를 받아들일 수가 없었다. 날마다 출근길에 엄마랑 통화하는 게 첫 일과였는데, 이제 전화를 걸어도 엄마는 받지 않는다. 삶의 의미가 사라졌다. 먹어야 할 이유, 일해야 할 이유, 숨을 쉴 이유가 없어졌다. 나는 살아도 사는 게 아니었고 엄마는 죽어도 죽은 게 아니었다. 엄마가 입던 옷을 입고, 엄마가 걸치던 목걸이를 걸치고, 엄마가 쓰던 모자를 쓰고, 엄마가 두르던 스카프를 두르고……. 엄마는 내가 되었고 나는 엄마가 되었다. '최문희'가 거울 앞에 앉으면 '이석자'가 거울 안에 앉아 있다. 엄마가 내 곁에 있어 행복해했다. 어느 날 큰언니가 말했다.

"엄마를 보내 드려! 엄마가 너 때문에 구천을 떠돈다."

'아! 엄마는 엄마의 세상이 있는 거였구나.'

또 다른 세상으로 난 문을 열고 떠난 엄마를 보내 주어야 했다. 그렇게 엄마의 세상과 나의 세상은 갈라졌다. 그 세상의 평온을 빌며 엄마와 딸로 다시 만날 날을 기약하며 난 이 세상에서 살아야 했다. 언제나 호탕하고 씩씩하고 군세고 다정했던 사람, 여자 '이석자!' 엄마를 엄마로서 그리고 한 여자로서 존경했고 사랑했다.

고마워요! 이석자! 엄마가 내 엄마라서 너무 행복했어요.

2. 작별의 시간이 주어지지 않았다

"슬픔과 악재는 한꺼번에 온다."

슬픔과 악재는 한꺼번에 온다. 어릴 적 태권도를 배운 동생은 나를 연습 상대로 생각했다. 난 늘 맞는 누나였다. 서로의 존재를 저주했다. 그렇게 귀하고 소중하다는 걸 모른 채 성인이 되었다. 내가 동생을 사랑하고 있었다는 건 어른이 되어서야 알게 되었다.

아빠가 별이 되었을 때, 나는 아홉 살, 동생 현식은 여섯 살이었다. 동생은 아빠라는 존재를 기억하지 못했다. 내게도 아빠는 흐릿한 존재였기 때문이다. 엄마와 큰언니는 '애비 없는 자식'이라는 말을 듣지 않게 하려고 동생을 엄하게 키웠다. 그럴수록 동생은 삐뚤어졌다. 엄마 욕심엔 동생을 불량한 친구들에게서 떼어 두기로 했다. 청주 외딴섬으로 보냈다.

공부하는 아이들 속에 데려다 놓으면서 아이가 달라지길 바랐다. 근묵자흑은 없었다. 잘못된 결정이었다. 집 밖으로 나가지질 않았다. 혼자만 외롭게 지냈다. 동생은 인생 외로움의 총량을 고등학교 3년에 다 썼다. 고등학교를 졸업하고 집이 싫다며 십대 후반에 집을 떠났다. 평범한 삶은 그의 편이 아니었다. 소식 없이 몇 년을 떠돌다 군대 가기 전 엄마에게로 돌아왔다. 날마다 "우리 현식이! 우리 현식이!" 하며 마음 졸이던 엄마는 곁에 자식을 두고 볼 수 있으니 매일매일 행복해했다.

우여곡절 끝에 그는 두 아이의 아빠가 되었다. 나의 아빠가 서른아홉 살에 심장마비로 돌아가셨기 때문에, 혹시 몰라 동생이 마흔을 넘길 때 걱정이 앞섰다. 유전자를 물려받았으면 어쩌나 하는 두려움이었다. 시간은 폭풍전야처럼 고요히 흘러갔다.

동생이 마흔다섯 살 되던 해 12월이었다. 나는 엄마를 1월에 보내고 여전히 마음을 추스르지 못하던 시기였다. 불길한 전화벨이 울렸다. 동생은 새벽에 협심증 자각증세로 제천 서울병원 응급실을 찾았고, 우리가 도착했을 때는 원주 세브란스 병원 중환자실에 있었다.

믿기지 않았다. 단 몇 시간 사이에 이런 엄청난 일이 일어나다니. 가끔은 중환자실에서 일반 병실로 옮기는 경우가 있다는 말이 들렸다. 젊은 내 동생이 그 이야기의 주인공이길 바랐다. 하지만 병원을 방문할 때마다 동생의 몸에는 알 수 없는 의료기구가 늘어 갔다. 몸은 약물로 부풀어서 이름표를 보지 않으면 알아보지도 못할 지경이었다. 만지고 싶고 엄마처럼 곁에 있고 싶었으나 중환자실의 문은 꼭 잠겨 있었다. 하루에 두 번 있는 30분 면회 시간이 되면 병실 앞은 장사진을 이뤘다.

현식이를 보러 온 사람들이 긴 줄을 서서 기다렸다. 친구들도 생업을 뒤로하고 잠깐이라도 보려고 달려왔다. 엄마를 닮아 사람 좋아하고 남에게 잘하는 건 익히 짐작하고 있었지만, 병원에서 분명히 그걸 확인할 수 있었다. 삶이 또 한 번 내려앉았다. 엄마 떠난 지 채 1년도 채 되지 않아 동생도 별이 되었다.

장례를 치르며 영정사진 앞을 떠나지 못했다. 살아 있을 때 그렇게 오래 마주 바라본 적이 없었다. 여섯 살 때 혼자 놀던 모습, 열여섯 살 무렵 스스로 고립시키던 모습, 20대 이후 아등바등 애쓰던 모습이 안쓰러웠다.

'살아 있을 때 더 잘할 걸……' 후회했다.

장례식장은 슬픔과 웃음이 한 덩이로 움직였다. 마지막 순간까지 현식이와 함께하겠다는 사람들로 3일 내내 북적였다. 1979년 제천 교동집에서 아빠의 장례를 치를 때 동네 전체가 장사를 치렀다. 40여 년 지나 동생을 보낼 때 그의 장례식장에서 똑같이 느꼈다. 동생이 일했다는 과일가게의 연로하신 사장님, 혼자 사는 노인 집에 만사 제치고 와 보일러를 고쳐 준 총각이라며 감사하던 어르신, 부모처럼 살갑게 대해 줬다며 애통해하던 동네 어른들…….

갖가지 사연들로 영정사진 앞에선 통곡과 탄식이 끊이지 않았다. 자식을 잃은 슬픔보다 더 서럽게 더 깊이 울었다. 어리고 안타까워만 보이던 내 동생이 존경스러워지는 순간이었다.

'남들에게 쏟았던 반만큼이라도 가족들에게 마음을 보였더

라면······.' 하는 아쉬움도 있었다. 그러면서 사진 속에서 웃고 있는 현식이의 얼굴을 한참 바라보았다.

'내 동생, 짧지만 참 잘 살았구나.'

내 동생 현식이

3. 죽어서도 함께 있는 꽃

"과유불급(過猶不及)"

내가 사랑하는 곳 초이동! 난 하남시 초이동에 산다. 전에는 서울 강동구 둔촌동에 살았다. '슈퍼 E'인 나는 끊임없이 이곳저곳을 다녔다. 근처는 볼거리, 먹거리, 할 거리가 많아 삶이 늘 역동적이었다. 특히 대형 병원이 있어 자주 아픈 나에게는 심리적 의지가 되었다.

엄마도 마지막 시간을 그 강동성심병원에서 편히 보낼 수 있었다. 그렇게 30대, 40대를 보냈다. 엄마가 떠나고 숨 가쁘게 돌아가는 도시의 빠른 삶이 싫었다. 빌딩의 시멘트보다 자연의 흙냄새가 그리웠다. 나무와 꽃이 어우러지고 만발한 곳에서 살고 싶어졌다. 도심에서 벗어나 시골 '퇴촌'으로 가기로 했다. 상일사거리에서 직진하면 목적지로 가는 길인데, 그날따라 차가 밀려 잠시 정차해 있을 때 나도 모르게 핸들을 오른쪽으로 꺾었다.

한 번도 가 본 적이 없는 길, 한 번도 들어 본 적 없는 동네로 난 길이었다. 그렇게 초이동(Choi dong)은 내게로 왔다. 나의 성도 최(Choi)다. 사소한 우연이 운명적인 필연이 되었다. 부동산 매물에 이ㅇㅇ 씨 집이 있었다. 첫눈에 반한다는 것이 이런 걸까 싶었다. '내가 살 집이구나!' 하는 직감이 들었다. 앞에는 창고와 비닐하우스 그리고 넓은 밭이 펼쳐져 있었다. 골목은 시멘트가 아닌 자갈길과 흙길이었다. 동네를 배회하는 길고양이와 개들이 눈에 들어왔다. 동네는 마치 나를 기다리고 있었던 것 같았다. 그 자리에서 바로 계약했다.

주인은 참 부지런하다. 쉴 새 없이 움직이며 밭을 일구며 홍 반장처럼 동네일을 한다. 그가 기른 채소들은 항상 현관문 앞에 놓여 있다. 마음의 평온함과 자연의 아름다움 속에서 날마다 이유 없이 행복하다.

오갈 곳 없던 코로나 시절 집 앞 신작로 버스정류장에 놓인 긴 의자에 앉아서 오고 가는 차 구경하며 지냈다. 때로는 나처럼 갈 곳 없는 누렁이가 옆에 다가와 친구가 되기도 했다. 맞은편에는 팔자 좋은 길고양이들도 앉아 있었다. 그들에게도 초이동은 편안한 안식처인가 보다.

하루를 여는 행복의 신호는 집 창가에 놓인 '엄마 꽃'이다. 이 꽃의 진짜 이름을 몰라서 그냥 '엄마 꽃'이라 한다. 그 꽃과 나 사이엔 이야기가 있다.

엄마 장례를 치르고 몇 주가 흘러 유품을 정리하려고 시골집을 찾았다.

대문을 지나 현관문을 열었을 때, 엄마의 따스함은 어디로 가고 차가운 냉기만 흐르고 있었다. 사람이 수십 년을 살아온 집인데 한두 달 사이에 이렇게도 변할 수가 있구나 싶었다. 엄마가 그토록 애지중지 돌보던 수십 가지의 꽃과 나무도 모두 말라 죽어 있었다. 엄마의 정원은 언제나 분갈이, 분양, 꽃 이야기로 시끌벅적했었는데……. 생명이 있는 것은 벌레조차 없었다.

그런데 그 죽음의 잿빛 잔해 속에서 꽃 하나가 진한 향기를 뿜으며 생기발랄하게 자태를 뽐내고 있는 것이 아닌가!

'엄마 꽃'이었다! 마치 엄마가 그 자리에 서 있다가 "우리 딸 왔어?" 하는 듯했다. '엄마가 여기에서 그렇게도 많이 날 기다렸구나.' 하는 생각에 눈물이 왈칵 쏟아졌다. 엄마의 사랑과 손길이 밴 그 꽃이 내게 위로를 건넸다. 그렇게 그 꽃은 식물의 '식' 자도 모르던 나의 반려식물이 되었다.

그토록 바쁜 엄마가 시간을 쪼개 가며 왜 수십 개의 꽃을 키우고 정성을 들였는지, 엄마 꽃을 보면서 이해되기 시작했다. 아침마다 눈인사하며 '고맙다.' 속삭일 수 있는 대상이 있다는 것만으로도 감사했다. 눈을 뜨면 꽃 몽우리가 몇 개 생겼나 세어 보고 떨어지는 잎사귀 하나를 볼 때면 마음이 안타까웠다.

"물 줘라. 잎사귀 닦아라. 분갈이해라. 화분 들여다 놔라." 어릴 적엔 정말 듣기 싫은 말이었다.

겨울이면 그 많은 무거운 화분들을 거실로 옮겨야 했기 때문에 식물이 싫었다. 그러면서도 꽃 장수도 아닌 이불 장수가 십여 종이나 되는 꽃과 나무들 이름을 하나하나 외우고 물은 언제 주고 어떻게 주는지 세밀히 꿰차고 있는 것이

신기할 뿐이었다. 엄마 꽃을 서울로 데리고 온 지 3개월 만에 문제가 생겼다. 잎이 갈색으로 변해 가더니 급기야 흙 위로 드러난 모든 잎이 고개를 떨구고 죽어 버렸다. 사랑으로 키운다고 매일 물을 주고 영양제를 주고 했는데 이럴 수가……. 뿌리를 뽑아 보니 축축하게 썩어 있었다. 과유불급(過猶不及)이다. 지나치면 미치지 못하는 것과 같다. 다시는 엄마의 분신을 볼 수 없을 것 같고 마치 엄마와의 연결 고리가 끊어질 것만 같아 우울했다. 근처 꽃집에 도움을 청했다. 물을 너무 자주 줘서 생긴 일이라고 했다.

흙을 파 보니 한두 뿌리가 겨우 가늘게 남아 있었다. 식물에도 심폐소생술이 있다면 그걸 해서라도 꼭 살려 달라고 부탁드렸다. 전문가이니 해결해 줄 수 있을 것 같았다. 한 달에 한 번씩 꽃집엘 찾아갔다. 별 조짐이 없었다. 기다림의 연속이었다. 그렇게 석 달이 지날 즈음.

"세상에! 믿을 수 없어! 언빌리버블(unbelivable)!"

새순이 손톱만큼 나기 시작했다. 여섯 달이 지나자 푸른 잎사귀들이 이곳저곳에서 자태를 뽐내기 시작했다. 나에게 다시 기회가 찾아온 것이다. '상일 화원'에 감사의 인사를 남기고 엄마 꽃을 안고 집으로 돌아왔다. 하늘 향해 팔을 쭉쭉 뻗어 가는 모습을 보면 하느님이 아닌 엄마가 늘 내 곁에 함께하는 듯하다.

운이 좋다. 늘 함께 계셔서.

엄마 꽃

나는 오늘도 행운을 만든다

4. 그때는 틀리고, 지금은 맞다

"매 순간 보약이 되는 그리운 잔소리."

나는 대학 졸업하고 엄마 곁에서 1년 6개월 남짓 함께 지냈다. 서울로 둥지를 옮긴 후에는 매달 첫째 주 토요일은 시골집 가는 날로 정해져 있었다. 엄마와 함께한 시간이 태어나 성장해서 독립할 때까지 긴 여정 같지만 그렇지도 않다. 오롯이 함께였던 시간은 20년이 채 안 된다. 기억에 새겨진 시간은 더 짧다. 엄마는 잔소리쟁이였다. 엄마가 떠나고도 늘 그리운 것은 엄마의 손맛과 매 순간 보약이 되는 잔소리이다. 특히 그때는 틀리고 지금은 맞는 잔소리들이 그립다.

1) 잠은 죽으면 평생 잔다.

가난한 여자 혼자 몸으로 밑바닥에서 아이 넷을 키우려니 부지런할 수밖에 없었다. 쪽잠으로 살았다. 철없는 어린 자식들이 그런 것을 어찌 알겠는가. 나는 늦잠은 으레 일상이고 이불 속에서 뒹굴기 일쑤였다. 그때마다 엄마는 늘 쏟아 놓았다.

"잠은 죽으면 평생 잔다. 움직여라. 일어나서 뭐라도 해라."

잔소리는 일어날 때까지 계속되었고 정말 듣기 싫었다. 하지만 그것은 진리였다. 지금은 흘러가는 시간이 너무 아까워 늦잠을 자고 싶어도 잘 수가 없다. 잠은 죽으면 평생 잔다는 뜻을 알았으니 이제 철이 든 것인가?

2) 힘과 머리는 쓸수록 는다.

엄마는 주로 새벽에 집안일을 했다. 잠이 많았던 나는 뚝딱뚝딱 소리를 듣고도 못 들은 척 이불을 뒤집어쓰고 있었다. 엄마는 철인이고 그런 일을 좋아하는 줄 알았다.

어느 날, 김치를 담는 모양이었다. 양념으로 쓸 배를 갈아서 설거지통 같은 큰 그릇에 담아 두었다. 엄마가 마당으로 나가는 소리를 들었다. 그날은 무슨 이유인지 엄마를 돕고 싶었다. '설거지라도 해야지' 하는 마음에 비몽사몽 상태에서 싱크대를 깨끗이 하고 다시 잠을 청했다.

그다음은 상상할 수 있을까? 배추를 가지고 온 엄마는 양념장을 만들 배가 사라졌다며 소리쳤다. 난 정말 그냥 하던 대로 잠이나 자는 게 더 나을 뻔했다. '힘들 때 도움이 되었으면 좋았을 텐데…….' 미안했다.

엄마는 한복과 이불 가게를 했다. 날마다 정리했다. 이불을 개고 또 갰다. 내가 보기에는 별반 다르지 않았다. 청소할 때면 이불을 "이리 옮겨라. 저리 옮겨라. 한복을 여기 걸어 봐라. 저기 걸어 봐라." 등 요구가 줄을 이었다. 이불이 생각보다 가볍지 않다. 속 재료에 따라 또 몇 개냐에 따라 다르다. 난 늘 힘이 없었다. 내가 "소도 들겠다." 소리 들을 정도로 튼튼하게 생겼지만, 실상은 아니다. 밥값을 못 한다는 말이 딱 어울린다. 이불 서너 개만 옮기고 나면 손목이 아팠다. 그때마다 엄마가 "힘과 머리는 쓸수록 는다."라고 했다.

3) 일 못하면 늘 제자리다.

엄마 집은 언제나 깔끔했다. 늘 쓸고 닦았다 조이고 관리했다. 빨간 양옥집이었는데, 40년 전이나 지금이나 외관은 변함이 없다. 수시로 손을 보고 해마다 크고 작은 공사로 원래 상태를 유지했다. 남자 없는 집이라고는 상상할 수 없을 정도로 잘했다. 또 낮에는 장사하고 새벽에는 집에서 한 참 떨어진 곳에 텃밭을 얻어 농사도 지었다.

1인 3역, 4역 하는 '슈퍼우먼(superwoman)'이었다. 봄이면 분양받은 밭에 검은색 비닐을 씌웠다. 내가 한쪽 비닐 끝을 잡고 있으면 엄마가 다른 쪽 끝을 고정했다. 고추를 심기 위해선 미리 비닐을 씌워야 했다. 비닐의 끝을 서로 댕기다 보면 힘이 약한 내가 잡고 있던 부분이 날아간다. 또다시 해야 하는 불상사가 생겼다. 엄마가 시킨 일이 단번에 끝난 적 없다. 두 번에 끝나기도 어렵다.

"일 못하면 늘 제자리다."라는 말은 나를 두고 한 말이었다.

'엄마, 미안! 다시 만나면 다 잘할 수 있는데 이건 좀 쉽지 않네. 이해해 주세요.'

4) 쓰던 물건은 제자리에

엄마가 사용했던 물건을 찾는 건 눈 감고도 했다. 늘 제자리였다. '그것이 엄마 생존 전략이었을까?' 하지만 난 달랐다. 내가 쓴 마지막 장소가 그 물건이 있는 자리다. 그래서 같은 물건들이 집에 여러 개 있다. 잃어버린 줄 알고 자꾸 샀다. 그러니 엄마 늘 이랬다.

"쓰던 물건은 제자리에!" 요즘 같아서는 엄마에게 칭찬받을 자신 있다. 자꾸 잊어버리기도 잃어버리기도 하니 삶이 참 불편하다. 마음을 다잡고 습관을 고치려 한다.

"엄마, 보고 있지? 나 좀 잘하고 있는 거 맞지?"

5) 모든 건 다 때가 있다.

엄마는 내 생활력에 대해서는 걱정하지 않았다. 이석자의 피가 흐른다면 열심히 살 수밖에 없었다.

그리고 항상 자랑스러워했다. "우리 문희가 캐나다를 다녀왔어. 강남에 학원 차렸잖아."

그러면서 항상 입버릇처럼 말했다. "모든 건 다 때가 있다."

"공부도 때가 있고 연애도 때가 있고 친구도 한때이다."

시집 늦게 가는 걸 늘 걱정했다. 엄마가 말한 나의 때는 40세가 지나고서야 찾아왔다.

다시 듣고 싶습니다. 당신의 잔소리!

5. 울리는 엄마의 전화벨 소리

🏍

"Pick up the phone."

내 이름으로 엄마 휴대전화를 개통했다. 엄마는 스마트폰이 처음이라 사용법을 배우겠다는 엄두조차 내지 않았다. 꽃을 찍을 수 있게 카메라 기능만 알려 달라고 했다. 스마트 전화는 누군가에게는 전화 기능만, 누군가에게는 카메라 기능만 필요하다. 엄마가 돌아가신 후 전화기를 가져왔다.

전화기 속 앨범에는 정작 꽃보다 손가락이 찍힌 장면이 많다. 다음으로는 보드론 가게에 있는 한복 사진들이다. 한복과 이불을 구색에 맞게 진열하고 '찰칵' 하는 게 재미였던 것 같다. 하지만 보이는 건 늘 반쪽짜리 한복과 흔들린 천장 모습뿐이다.

소용돌이치는 장면이 수십 장 있다. 친구들과 수다 떠는 소리가 그대로 담겨 있기도 하다. 잘못 찍혔고 삭제 못 해 그대로 휴대전화에 차곡차곡 쌓였다. 엄마가 만든 실수는 나에게 최고 선물로 남았다. 시간이 흐를수록 꽃 초점도 또렷해져 갔다. 막내 손녀가 휴대전화에 할머니 이름을 붙였다. '이석자 010 2287 ○ ○ ○ ○' 이름만 봐도 미소가 지어진다.

종종 전화벨이 울린다. 벨 소리는 "Pick up the phone" 노래이다. 벨이 울릴 때마다 뛰어가서 전화를 받았을 엄마 모습이 떠오른다. 떠나고 1년은 습관처럼 엄마에게 전화했다. 내가 전화 걸고 내가 달려갔다. 막내딸인 내 얼굴이 화면에 보였다. 전화기를 덮었다. 그렇게 주인 없는 휴대전화에 혼자서 전화를 걸었다 덮었다 또 걸었다를 반복했다.

종종 엄마 소식을 모르는 사람이 연락했다. 그들 목소리만 들어도 엄마가 곁에 있는 것 같다. "엄마를 어떻게 아세요?" 답들 속에 "은미 엄마, 명화상회, 보드론 이불" 같은 엄마를 대표하는 낱말들이 들린다. 나는 엄마 소식을 전했다. "애고, 불쌍해라! 아직 젊은데 고생만 하다 갔네." 흐느끼며 전화를 끊는다. 점점 벨 소리가 뜸해져 갔다. 단골 매장 할인 판매 문자나 스팸 문자들만 지치지 않고 들어온다. 종종 '1644' 번호가 떠도 행복하다. 엄마를 잊지 않은 누군가가 있구나! 설령 그것이 광고일지라도 고마웠다. 배터리가 죽지 않도록 항상 충전해 둔다. 7년이 지나도 전화를 해지하지 않았다.

왓썹 파닉스 Whatsup Phonics 학원을 개원했다. 학원 전화번호를 엄마 번호로 정했다. 학원 전화기도 물론 엄마가 사용하던 것이다. "Pick up the phone" 그 벨 소리가 종일 나와 함께한다. 전화벨이 울리면 "앗싸" 하며 달려간다. '이석자 010 2287 ○○○○' 스티커를 보며 폴더 폰 전화기를 연다. "왓썹 파닉스입니다." 엄마와 내가 마치 한 몸 같다. 전화를 끊으면 바탕화면에 있는 우리 엄마가 환하게 웃는다. "우리 딸! 수고 하네~!" 말을 건네는 것 같다.

정말 고맙습니다. '함께라서 행복합니다.'

운이 좋다. 늘 함께라서.

6. 이 말은
꼭 하고 싶습니다

"우리가 이런 딸을 낳아서 참으로 고맙소."

일천구백삼십구 년, 일 월, 평창군 미탄면 기화리, 산골짜기에서 태어났습니다. 한나절 걸어가도 마을이 보이지 않는 외딴곳이지요. 먹을 것은 감자와 옥수수가 전부고 그마저도 일해야 먹고 살 수 있던 시절이었지요.

열두 살쯤 6·25사변이 났지요. 굽이굽이 깊은 골짜기에 험난한 산세를 뚫고 다른 복장을 한 군인들이 온다는 사실 자체가 놀라운 일이었지요. '마을에도 타지 사람들이 오는구나.' 그 시절 어떤 군인도 동네 사람을 해코지하지 않았지요. 군인들은 허기만 채우고 새우잠을 자고 쉬다가 "출발!" 하는 소리가 들리면 주섬주섬 장비를 챙겨서 흔적 없이 사라졌지요.

나쁜 사람들은 없었고 다들 옆집 오빠나 동생 같았지요. 낯선 옷 군인들은 누군가의 희생양일 뿐이었죠.

혼란과 불안했던 시간을 보내던 궁민핵교 2학년 즈음에 엄마가 집안일을 도와야 한다며 학교를 그만 다니라고 했지요. 언니는 학교에 계속 다니고 나만 가지 말라고 하니 억울하기 짝이 없었지요. 하늘도 듣고 땅의 신도 들을 수 있게 대성통곡했지만, 결정이 바뀌지는 않았지요.

일단 먹고살아야 하니 집안일은 누군가는 해야 했지요. 언니는 일머리가 없어 하는 일마다 일을 망쳐 결국, 다른 사람 손으로 마무리를 해야 했지요. 그래서 언니는 일을 안 하는 게 도와주는 거였어요. 내 딸 문희에겐 어릴 적부터 일을 시키지도 않았지만, 이모를 닮아 일머리가 없어 늘 그게 걱정이었지요. 어쨌든 그 시절에 언니는 고등학교까지 마쳤네요.

나는 일을 잘했다기보다는 내가 하지 않으면 엄마가 해야 하니 그럴 바에야 차라리 '내가 하자!' 하는 마음으로 일을 하면서 일머리가 점점 좋아졌지요. 일과 힘은 쓸수록 는다는 걸 그때 알았지요. 그때부터 '여장군'이라는 별명 아래 무엇이든 잘해 내야만 하는 덫에 갇혔지요.

마을에 몇 안 되는 동무들은 학교도 다니면서 하교 후에 밭일, 집안일을 했지만 나는 끝이 보이지 않는 일만 하는 게 억울했지요. 그러나 그 삶도 내 운명으로 받아들였지요. 밭일을 일찍 끝내고 동생을 업고 짬짬이 학교 창문에 매달려 한글도 배우고 셈도 배웠지요. 이런 배움은 장돌뱅이를 할 때 외상값을 적거나 계산할 때 도움이 되었지요. 일이 너무 많아 피곤한 날에도 다리를 꼬집으며 한 개라도 놓치지 않고 배우려고 했습니다. 무엇이든 결정하면 꼭 하는 태도는 막내 문희가 배운 듯해요.

내 첫째 딸, 내 마음 큰 빚인 은미에게 많이 미안합니다. 아이 둘은 낳자마자 세상 빛도 보지 못한 채 하늘나라로 갔고 남편도 병원비와 아이 넷을 남기고 먼저 간 아이들을 따라 나이 서른아홉에 우리를 떠났습니다.

나 혼자 은미, 은영, 문희, 현식이를 키우며 살려니 삶이 너무 벅차 은미를 많이 희생시켰지요. 은미는 똑똑해서 어미인 내가 학교에 한 번도 찾아가지 않아도 반장, 회장은 독차

지했지요. 하지만 국민학교 시절부터 가고 싶다는 학교를 많이 못 보냈어요.

장돌뱅이를 할 때는 국민학교 4학년 은미가 아홉 살 은영이, 여섯 살 문희, 세 살 현식이를 돌봐야 했으니 학교를 보낼 수 없었지요. 은미가 중고등학생이 되었을 때는 가게를 열고 자리 잡아 갈 때라 학교에 가지 말고 가게 일을 도와달라고 했지요. 그런 밤이면 꼭 반 친구들 공책을 빌려서, 잠도 안 자며 노트에 베껴 쓰고 공부하는 모습을 안쓰럽게 지켜봐야만 했지요.

미안한 마음에 혼자 많이 울었습니다. 나 혼자 짊어지고 가야 할 짐을 10대 은미에게 얹어 주었네요. 나처럼 살기를 바라지 않았는데 우리 어미가 나에게 했던 것처럼 학교도 보내지 않고 나처럼 키우고 있더라고요. 늘 미안한 마음이었고, 다음 생에 은미 딸로 태어나 그 아이가 고생한 것 몇 배는 갚아 주고 싶네요. 그렇게 착한 첫째 딸 은미가 가게를 안정시키는 데 많은 도움을 주어, 내 인생 후반전에는 편히 살 수 있었던 듯합니다.

우리 때는 어른들이 결혼 상대를 정해 주면 따라야 했지요. 가방끈이 짧았던 나는 영월군 마차에 공부를 많이 한 남자가 있다 하여 그 이유 하나만으로도 그 남자랑 결혼하기로 했습니다. 그 시대는 고등학교 졸업자가 별로 없었어요. 똑똑하니 나를 먹여 살리거나 본받을 게 있겠구나! 하지만 그냥 똑똑하기만 했습니다.

거기에 큰 혹이 있었습니다. 심장병이 있어 힘든 노동 같은 게 불가능했지요. 언제 쓰러질지 몰라 늘 비상 상태였습니다. 요즘처럼 의료 기술이 발달한 시절이 아니라 버는 돈은 족족 병원비로 나가야 했지요. 때로는 한 달 내내 일해도 병원비, 약값도 내지 못하기도 했지요.

남편은 글이나 읽으며 띵까띵까 좋은 시절을 보냈지요. 한마디로 한량이었지요. 한때 요즘 세대로 말하면 '열성 팬'처럼, 남편은 영화배우 '문희'에게 빠져, 숯 깜댕이 아이가 태어났을 때도 이름을 '문희'라고 했지요. 세상 사람이 "못난이"라고 불러도 남편은 "문희! 문희! 미스코리아 문희! 이쁜이 문희!" 하며 어디를 가든 함께 다녔지요.

짧은 생을 사는 동안 아들 현식이보다 아빠 사랑을 제일 많이 받은 건 문희입니다. 아마 막내 문희가 정이 많다고 하면 그건 내 유전자가 아니라 남편 사랑을 많이 받아서입니다. 사랑은 받아 본 아이가 줄 수 있다고들 하잖아요. 아이가 아홉 살 때 남편이 하늘나라로 갔지요. 문희가 많은 일을 기억할 수는 없겠지만, 무의식 속에 사랑을 뼛속까지 느꼈을 것입니다. 살면서 받은 사랑을 서서히 나누고 있는 거로 생각하지요.

언젠가 이런 일도 있었지요. 일주일에 한 번씩 서울로 물건을 떼러 갑니다. 그게 참 고된 일이지요. 온종일 일하고 반품 품목과 주문을 정리해서 저녁 8시에 서울 가는 전세 버스에 오릅니다. 예전에는 반품 물건을 어깨, 등에 둘러메고 청량리로 기차 타고 다니던 시절도 있었네요. 여하튼 두세 시간 쪽잠을 자면 동대문 광장시장에 도착합니다.

그때부터는 다른 가게와 차별화된 물건을 찾으러 광장시장, 평화시장, 신평화시장 골목골목을 빛의 속도로 훑고 다닙니다. 좋은 물건은 바로바로 잡아야 하니까요. 열 손가락에 비닐봉지 10개를 끼고, 머리에는 또 다른 가방을 이고, 다른 짐들은 발로 차면서 몇 시간을 누빈 후 새벽 4시경에 남대문으로 넘어갑니다. 또 몇 시간을 발바닥에 불나듯 전쟁을 치르죠. 손가락은 무거운 비닐 손잡이 때문에 감각을 잃지만, 그걸 느낀다는 건 아직 고생하지 않았다는 얘기입니다.

끊임없이 쳇바퀴 돌 듯 동대문과 남대문을 돌고 나면 아침 7, 8시경에 제천으로 향하는 전세 버스에 다시 몸을 싣고, 앉는 동시에 잠이 듭니다. 중앙시장 앞에 도착하면 기사가 잠깨우는 소리에 좀비처럼 벌떡 일어나지요. 다른 가게의 직원들은 도착 시각에 맞춰 십여 개의 짐을 찾기 위해 기다리고 있습니다. 우리 집은 보통 때는 옆에서 장사하는 둘째가 짐 나르기를 도와주죠.

그날은 문희가 가게를 봐주며 도와주기로 했는데 서울서 도착했는데도 이 녀석이 안 나오는 겁니다. 몸은 48시간째 막노동을 한 상태라 만신창이고 발도 안 떨어져 눈앞에 보이는 내 가게가 수십만 리처럼 느껴졌습니다. 혼자 몇 번에 걸쳐 물건들을 옮긴 후에도 이 녀석은 나타나질 않았죠. 한참 뒤에 또 싱글벙글거리며 들어옵니다. 내 속에서는 천불이 나는데 말이죠!

나는 오늘도 행운을 만든다

"엄마! 엄마! 잘 다녀왔어? 나 오늘 만 원 팔았어."

"아이고, 속 터져!"

가게 비운 사이 누가 물건을 훔쳐 갔으면 적자인데 그 애는 그런 개념이 없습니다. 화내고 싶었지만, 기운도 없고 말해도 못 알아들을 테니 "뭐? 정말?" 하고 이야기를 마쳤습니다. 누구에게 해를 끼쳐서가 아니라 당해서 걱정이죠. 그래도 착한 천성 덕분에 주변에 좋은 사람들과 잘살고 있는 것 같아 떠날 때 안심이 되었지요.

문희가 서울 살기 시작하면서 힘들게 전세 버스를 타고 서울 가는 일이 없어졌네요. 언제 어느 때든 어디든 가겠다고 하면 시간을 가리지 않고 내 손과 발이 되어 줍니다. 지방이든 청량리든 터미널로 마중 나옵니다. 버스에 내릴 때 우리 딸이 손짓합니다. 참 든든합니다. 나를 대기 의자에 앉혀 놓고는 짐칸에서 무거운 반품 가방을 둘러업지요. 밥상 하나 못 들던 녀석이 힘이 많이 자랐네요. 그 사이, 나는 힘이 줄었지만요.

딸은 밤새 서울 구경시켜 주고 본인이 경험한 걸 보여 주지요. 참 고마운 마음입니다. 무엇보다 본인도 아침에 출근하려면 힘들 텐데 일정을 미루고라도 새벽시장에 함께 가 주지요. 더는 내가 무거운 비닐봉지 하나라도, 가방 하나라도 드는 것을 용납하지 않아요.

"내 딸! 문희야! 고맙다! 힘든 세상 씩씩하게 잘 살아 줘서! 그리고 엄마에게 해 주었던 모든 사랑, 진심으로 고마워. 네 덕분에 사는 동안 어깨에 힘이 많이 들어갔다. 내 자랑이었어."

우리 딸이 나랑 친구들을 데리고 해외여행도 함께 갔지요. 내 주변 사람들이 자식들이 비행기 태워 줬다고 자랑할 때 내심 부러웠지요. 자식들에게 부담 주기 싫어 말을 못 했는데, 녀석이 우겨서 울며 겨자 먹기로 시간을 냈지요. 속으로는 쾌재를 불렀지요. '딸 가진 사람이 비행기를 타는 게 맞구나.' 그때 내 주변에 외국은 꿈도 못 꾸던 친구 넷이 함께 갔지요.

내 딸 문희는 공항에서도 '척척척!', 호텔에서 사람들이랑 얘기할 때도 '척척척!', 관광지에서 외국 사람들이랑 이런저런 얘기도 외국말로 '척척척!' 어찌나 멋지던지, 이게 내 딸이구나. 눈을 비비고 쳐다봐도 내 배로 낳은 숯 깜댕이 내 딸이구나!

"여보! 남편! 문희 크면 덕 보고 산다더니 당신 말이 맞네! 참 잘해. 용돈도 꼬박꼬박 주고 현식이도, 특히 우리 손자, 손녀를 잘 챙겨! 내가 조카들에게 잘해 줘 봤자 소용없다고 말하지만, 조카들에게 그리 잘하기도 쉽지 않을 텐데. 동네 사람들에게 이런저런 자랑할 때 내 어깨에 힘이 많이 들어간다오! 우리가 이런 딸을 낳아서 참으로 고맙소."

7. 고맙고
미안합니다!

🏍

"소중이, 미스코리아! 문희 만만세!"

석양이 신비로운 온갖 색깔로 아름답던 날이었다. 어린 딸을 목마에 태우고 콧노래를 부르며 걸어가는 젊은 아빠 뒷모습을 보았다. 그 모습에 빠져들어 한참 그들을 따라갔다. 아빠 목에 걸터앉은 딸도 함께 흥얼거렸다. 그 부녀 모습은 부러움이고 그리움이다. '나에게도 저런 시절이 있었을까? 정말 유년 시절이 있었을까? 난 갑자기 어른이 된 건 아닐까?'

내가 아홉 살 때 아빠는 별이 되었다. 아빠는 늘 아팠다. 유리 파편처럼 조각조각 남은 아빠와의 추억 하나가 떠올랐다. 개울가에서 물장구치며 놀던 어느 날, 어딘가에서 귀에 익은 목소리가 들렸다. 너무나 좋아하는 목소리, 너무 들어 늘어진 테이프라도 듣고 싶은 목소리!

"문희야! 집에 가자. 맛있는 밥 먹자."

매일 같이 있고 싶었던 아빠가 오랜만에 날 찾은 것이다. 듣자마자 젖은 몸채로 달려가 그에게 안겼다. 나에게도 아빠가 있다는 것, 나를 찾으러 오는 사람이 아빠였다는 게 참으로 행복했다. 그는 "우리 이쁜 딸, 문희! 어영차." 하며 나를 들어 올려 목으로 옮겼다. '목마'였다.

나에게는 처음이자 마지막이었던 그것! 아빠는 하늘 높이 나를 띄웠다가 다시 제자리에 놓았다. 비행기에서 난기류를 만난 기분이었다. 높아 어지러웠지만 싫다고 하지 않았다. 그러면 더는 아빠 감촉을 느낄 수 없을 것 같았다. 무엇보다 내 겨드랑이를 감싸는 그의 아귀힘으로 안전하다는 걸 알았기 때문이다. 그날 아빠에게 무슨 일이 있었는지 모르지만, 콧노래를 부르며 행복해했다. 그런 아빠를 오래오래 볼 수 있기를 바랐다. 하지만 신은 나에게 평생 그 순간을 그리워하게 하는 형벌을 주었다.

사랑하는 가족들에게.

이석자 씨! 젊고 아름다운 나이에 가방끈이 긴 것 외에는 아무것도 없는 나에게 시집와 고생 많았구려. 당신은 삼시 세끼 따스한 밥만 먹어야 하는 시아버지 비위 맞춰 가며 밭 일하랴, 광산에서 일하랴, 아이들 키우랴, 거기에 아픈 나를 간호하랴, 참 힘든 삶을 살았구려.

남편 역할, 가장 역할을 하고 싶었으나 조금만 움직여도 숨차고 몸이 아파 가만히 책상에 앉아 공부 외에는 할 게 없 었다오. 이 '마차리'에는 공부 머리보다 체력이 필요했는데 난 참 쓸모없었다오. 당신이 아무리 몸 부서지게 일해도 가 난의 굴레에서 벗어나지 못하고, 아이들은 늘어 가고, 악순 환으로 이어지는 현실이 미안했다오. 언젠가 우리가 다시 만 난다면 그 짐들은 다 나에게 주고 당신은 훨훨 날아다니길 바라오.

큰딸 은미! 네가 우리 딸이라서 엄마가 살 수 있었다. 나는 남편 역할을 할 수 없었고, 이 힘든 세상에 네 엄마가 의지할 수 있었던 단 한 사람, 그 믿음보다 더 잘해 준 네게 진심으로 고맙다.

결혼 상대 첫 조건이 양부모 계시고 가정교육 잘 받은 사람이라는 말을 하늘에서 들었을 때 참으로 미안했다. 홀어머니 밑에서 아빠 역할, 첫째 역할 하느라 많은 걸 희생했던 네게 빚이 많다. 가고픈 학교도 못 가고 남들이 하는 것 제대로 못 해 본 내 큰딸 은미에게 다시 한번 미안하고 고맙구나.

작은딸 은영이! 우리 집 분위기 제조기! 아빠 없는 가정에서 밝게 자라 줘서 무엇보다 엄마 옆에서 인생 고비마다 잘 보살펴 줘서 정말 고맙다. 은미는 출가하고 문희는 행복을 찾는 파랑새처럼 이곳저곳 다니고 현식이 또한 밖으로 돌아다닐 때 한결같이 엄마 잔소리, 화, 고통, 스트레스를 잘 받아 주어 고맙다. 그래서 네 엄마가 힘든 시간을 보낼 수 있었던 것 같다. 그 은혜는 하늘에서 너와 네 피붙이를 잘 보살피는 것으로 보답하겠다.

막내딸 우리 문희! 새까만 네가 태어났을 때, 모두 놀라 소스라쳤을 때도 난 네가 '마차 광산의 딸이자 내 딸'임을 확신했다. 너를 만난 8년이 나에게는 축복이었다. 아무리 못생기고 삐딱하게 굴어도 나에게는 '소중이, 미스코리아' 그 자체였다. 네가 늘 보여 주는 환한 미소 덕분에 내 운명보다 조금 더 살았는지 모르겠다.

막내 현식이! 소중한 현식이, 너를 본 시간이 제일 짧았구나. 아비로 자식과 5년 정도 보냈으니, 그것도 마지막 시간은 병에 지쳐 너를 볼 수가 없었구나. 미안하다. 아빠로서 길잡이를 못 해 네가 많이 방황했구나. 네가 태어나던 날, 최씨 집안 대를 이어 줄 아들이 태어났다고 온 마을이 덩실덩실 춤을 추던 순간이 기억난다. 넌 축복 자체였다.

갈팡질팡하는 너를 하늘에서 내려다볼 때마다 당장 내려가 손이라도 잡아 주고 싶었다. 그러나 그 방황이 더 길어지기 전에 네가 내 옆으로 왔구나. 미안하다. 아비로서 살아서도 죽어서도 크게 너를 보살피지 못했구나. 이제 우리는 저 아래 세상에 남은 이들이 한 생을 잘 누리도록 이곳에서 기도하자꾸나. 사는 동안 엄마 곁에서 큰 웃음과 힘이 되어 주어 다시 한번 고맙다. "내 아들 현식이!"

뒤에

오늘도 걷는다

비가 내린다. 질퍽질퍽한 길을 걷는다. 공사장과 물류 창고를 오가는 트럭들로 길은 엉망진창이다. 비가 오면 물웅덩이에 일부러 첨벙대며 뛰놀던 어린 시절 생각에 괜히 신나고 행복하다. 정리되지 않는 비포장 길에 이름 모를 풀과 꽃들이 살려고 안간힘을 쓴다. 앗! 내가 실수로 밟았다면 어쩌나!

비 온 뒤 자연의 청명함, 눈부심은 더없이 반갑다. 맑은 공기 속을 걷는 즐거움은 내 삶을 찬란하게 한다. 흐림 또한 얼마나 고마운 일인가! 조금 차분해진다. 비 오는 날과 맑은 날

사이의 다른 느낌으로 모든 걸 바라볼 수 있어 그저 좋다. 밖을 나가고 싶은 유혹은 다른 빛깔이다.

눈이다! 설국이다! 주변의 풍경은 순식간에 변해, 평소의 익숙한 모습이 아닌 새로운 아름다움을 선사한다. 눈이 쌓인 초이동의 울퉁불퉁한 길을 걸으면, 세상의 모든 것이 새롭다. 눈을 돌려 보면 나뭇가지에 맺힌 눈방울은 마치 자연이 만든 장식품 같아, 한순간도 눈을 뗄 수 없게 만든다.

엄마와 동생이 훌쩍 떠나고 그들의 못다 한 인생이 내게 지워졌다. 못다 한 기쁨, 못다 한 웃음, 못다 한 눈물, 못다 한 그리움, 못다 한 시간까지 나는 오늘도 그들이 못다 한 순간을 채우기 위해 걷는다.

이 글 시작과 끝인 김위아 작가, 세상에 나의 이야기를 풀어놓게 해 준 미다스북스 관계자, 나를 스치고 머무는 세상 모든 인연, 무엇보다 지난 1년간 나만의 작업실이 되어 준 하남 위례 도서관에도 깊은 고마움을 전한다.

난 오늘도 도전과 행운을 만들기 위해 걷는다!